九 重 春

汪家弘 主编

陕西新华出版

太白文艺出版社·西安

图书在版编目（CIP）数据

九重春 / 汪家弘主编. -- 西安：太白文艺出版社，
2024.9. -- ISBN 978-7-5513-2730-5

Ⅰ. I247.7

中国国家版本馆 CIP 数据核字第 2024HZ3007 号

九重春
JIUCHONGCHUN

主　　编	汪家弘
执行主编	强紫芳
副 主 编	李　洋　夏金峣　魏德亮
责任编辑	党　姚
装帧设计	青年作家网
出版发行	太白文艺出版社
经　　销	新华书店
印　　刷	永清县晔盛亚胶印有限公司
开　　本	787mm×1092mm　1/16
字　　数	210 千字
印　　张	15.25
版　　次	2024 年 9 月第 1 版
印　　次	2024 年 9 月第 1 次印刷
书　　号	ISBN 978-7-5513-2730-5
定　　价	68.00 元

联系电话：029-81206800

出版社地址：西安市曲江新区登高路 1388 号（邮编：710061）

营销中心电话：029-87277748　029-87217872

目 录

妙瓜，本名缪东荣。生于杭州，曾在北大荒下乡，退休后返回杭州。中国网络作家协会会员，中国诗歌学会、散文学会、小说学会会员，湖南省网络作家协会会员，青年作家网签约作家、诗人。曾出版作品集《青春富锦》，著有诗集《我的故乡是天堂》《我还有一个故乡是北大荒》。

白雪皑皑

一

1972 年冬天的那场雪特别大，天像被捅了个窟窿，鹅毛般大小的雪片子就从那个看不见的冰窟窿里纷纷扬扬地落个不停。持续下了一个星期，好不容易天晴了。地上的雪深得没过了膝盖，沟沟壑壑都被雪填平了，屯子里家家户户都大雪封门，屋顶像盖了一层厚厚的白棉被，低矮一点的房子则被雪埋了半截。

一大清早，男人们努力地将被雪堵住的门推开一条缝，挤出身来清雪。先清门前，清出一条通道；再清窗台，让捂满雪的窗户重见天日；最后清屋顶，屯子里都是土草房，年久一点的房子承受不住厚雪的重压。不一会儿，家家门前及邻里之间都出现了一条条像战壕一样贯通的小道。

我当时在公社供销社上班，已告别一眼望不到头的地垄沟，从面朝黑土背朝天的农民变成一个在三尺柜台炼红心的售货员。虽说一大老爷们被一分钱支得满地跑，而且还是亦工亦农身份的临时工，但心里还是美滋滋的，革命工作嘛，不分贵贱。其实，当售货员还是挺招人待见的，那年头物资短缺，啥都要凭票凭证，常有人走后门要我帮着买这买那。往柜台里一站，上赶着跟我套近乎的人多了去了，连姑娘们瞅我的眼神都跟以前不一样了。

我是从杭州来北大荒农村插队落户的知青，因是单身汉，住在单位宿舍里。宿舍其实就只是一间空屋子，里面有一铺长炕，屋子中间砌了一个火炉，几段铁皮炉筒连接成一个门字形，一头连着火炉，一头扎进炕洞，烟火从中穿过，既暖了屋子，又热了炕。在这里固定住宿的只有我一个人，我睡不惯热炕头，于是常年霸占着炕梢。其余的铺位并不固定。单位有些职工的家不在这里，在其他屯子里，近的十几里，远点的二十几里。一般情况下，下班后他们会骑上自行车披星戴月地往家赶，谁不惦念老婆孩儿热炕头呢？只有刮风下雨天或晚上要开会，以及月末盘点的时候，他们才会留下来在炕上挤着睡。这几天雪大，骑不了自行车，留宿的人就比较多。

供销社门市部是营业场所，让大雪封了门是要被人当作笑料议论的。所以一大早大家就都起来了，分别拿起铁锹、木锨和竹扫帚去清雪。虽然这是义务劳动，并不是分内的工作，但大家都会被一种集体责任感所驱使，很自觉地参加。家住本地的职工也都会起早赶来，稍微来晚一会儿的人甚至会觉得愧疚。供销社职工多数是农民出身，勤快已变成一种生活习惯。别看供销社所有网点的人员加起来已有四五十号人，但大多是亦工亦农性质的临时工，想问题、说话、做事都讲究接地气，喜欢与群众打成一片。所以，平时见面或聚堆时逗个乐子，说几个嘎咕词儿也都习以为常。这不，大家清着雪，也不忘闲扯打闹。

有人先开了腔："嘿，你们知道不？现在满大甸子都是'白屁股'。"

狍子的短尾下有一圈毛是白色的，在雪地里跳跃奔跑，后腿尥起时腚上那圈白毛尤其醒目，所以当地人有把狍子叫成"白屁股"的习惯。

"啥？"有人故意装作听不懂。

"狍子呗，到处都是，老鼻子了。"

"你是说狍子啊，我还以为你偷看哪个老娘们的屁股了……"说完这话，这人立马觉得话有点"荤"了，赶忙四顾，可别让哪位女同胞听见，还好，近距离的都是清一色大老爷们。

"缺德！是你自己想媳妇儿了吧！"

听他俩扯淡，众人忍不住笑起来。

又有人参与进来："今年雪大，狍子没吃的，才下山觅食的，全是从苏联那边蹽过来的。"

有人插话补充:"东头老韩家爷俩,昨天拿猎枪去打了多半天,马爬犁拉回来四五只呢。"

这人片刻后似是想起了什么,冲一旁的老头说:"老赵头,把你的枪借我,咱也去打两只,回来让食堂用白屁股蛋儿给大家包顿饺子。"

老赵头是打更的,配有一杆老掉牙的三八大盖,此刻他正抡着竹扫帚猫着腰扫雪。听说要借他的枪,先是一愣,随即明白这是在闹着玩儿,便笑着回道:"一共给我配了三发子弹,让你们打完了,晚上巡逻,枪不就成了烧火棍儿了?"

"不打紧,你不还有一杆水枪嘛……"有人在一旁接了一句暗语。

老赵头有些愠怒:"你这小兔崽子,闹着玩儿也不能这么没大没小啊!"

马上有人岔开话题:"你们听说没,屯子西边的一家,昨天一只狍子闯进他家院子掉进地窖里了。"

"这么巧?还上炕了吧?"众人大笑。

人多有人多的好处,说说笑笑间就把活儿干利索了。

门市部开板后,营业室里就一下热闹起来了。不少人并不是来买东西的,只是来凑个堆儿好聊天,也有不善聊或插不上话而站在一旁发呆打发时光的。冬闲活儿少,外面冰天雪地的,整个屯子就数门市部是最大的室内场所,还有火炉可以取暖,自然就成了人们猫冬的公共场所。特别是那些小媳妇们,等男人忙生计去了,拾掇完家务便抱着孩子来凑热闹唠闲嗑。

有些女人天生就是自来熟的性格,离老远就跟我打招呼:"咱又来点货了。"

喜欢调侃的就会立马接茬:"你俩啥关系啊?咱咱的,叫得这么亲热?"

"咋了,就亲热了,不行啊?"说完还不忘隔着柜台取笑我一下,"哎哟,你瞅瞅,瞅瞅,脸都红了……我都没在乎,你怕个啥呀!"

旁边年长一点的就会过来解围:"嘿!嘿!嘿!嘴上没个把门的啦,瞎闹个啥呢，人家可还是个生瓜蛋子呢。"

这一解围不打紧，这些小媳妇们就更来劲了："生瓜蛋子咋了？谁还不是从生瓜蛋子熟起来的？大伙儿说说，是不是呀！"

接着就是一阵哄堂大笑。

这地方的人就是这么喜欢开玩笑，但乡风淳朴，语言也很有特色。如开玩笑不叫开玩笑叫"闹"，干啥不叫干啥叫"干哈"，老婆不叫老婆叫"老娘们"或"屋里的"，单位开门不叫开门叫"开板"，村子不叫村子叫"屯子"，不知道不说不知道，说"不道"，毫无理由地就把中间一个字省略掉了，如此等等。我费了好大劲儿才适应了这里的方言。

这里的地名也特别有意思。几十年前这里未开垦，往大草甸子深处去，有许多低岗地，长满了茂盛的白桦树。开荒后形成的屯子便依次取名为头道林子、二道林子、三道林子，最东面的叫东道林子，最西面的叫西道林子。若要辨别方位，一听屯名便了然于心。

这段日子，有关"白屁股"的逸闻趣事成了大家津津乐道的话题，如谁家老爷们儿一天就打了多少只啦；那天有只狍子饿急了闯进屯子里，如何惊心动魄地围追堵截将它逮住啦；还有谁家的门被狍子撞坏啦……个中能侃的，更是眉飞色舞，说得活灵活现，听得人心直痒痒。当时还没普及多少环保知识，老百姓也没多少动物保护意识，这么多野味出现在眼前，岂不是天上掉了馅饼？于是，平时刨地的手都端起了枪。外出狩猎的，每天拉爬犁归来，上面少不了被猎杀的"白屁股"。

我每天在柜台里忙碌，没有机会去大甸子里，不过好奇心始终涌动着。听老乡说狍子很傻，你不追它，它就不跑；你喊它，它还会回头看；你不举枪，它也不躲你；你若招手，有时候它还会朝你走过来。

真的吗？好想走出柜台，到茫茫雪原去探个究竟。往年冬天也都是一样的白雪皑皑，但没有这么多狍子，让我误以为那些狍子只存在于传说中，没承想今年它居然现了真身了。可惜我的岗位已从田野转换到柜台，不能擅离岗位去做无组织无纪律的事情。我见过被猎杀的死狍子，而活蹦乱跳的狍子到底是个什么样子，只能听听别人的描述靠想象去揣摩了。

那年，是我北大荒知青生涯的第四个年头。

二

机会突然来了。

这天上午，我正在柜台前忙活，忽然有同事喊："小杭州，主任召见！"同时向我做了一个快去的手势。我是杭州人，一开始他们叫我"杭州棒子"，看我不乐意，后来改口叫我小杭州。不过，我的名字确实有点拗口，不如小杭州叫起来顺口、听起来顺耳，但我心里还是隐约感觉到了一点地域歧视的味道。

"干哈？"我一愣，回问道。说"干"字时，我尽量让发音近似"尬"，这样就更接近当地口音。三年多了，我的东北话也相当溜了。

"不道，去了就知道了。"

那年我刚二十岁，胆儿忒小，看见领导有点莫名其妙地打怵。主任召见不敢不去，脑袋里迅速将近日所做过的事情都过了一遍筛子，确信没犯什么错误，才忐忑不安地往主任室走去。

主任姓符，是个车轴汉子，个头略高于我，但在周围都是人高马大的东北汉子中间，他也只能算是个小个子了。黑衣服似乎是他的标配，冬天黑棉袄，夏天黑布衫，再加上一脸密密匝匝、黑白相间的短胡茬，怎么看都不像供销社主任，反倒更像个农民。

走到主任室门前，我轻轻敲了敲门，里面没反应；再敲，还是没反应。蓦然想起，符主任平时是没有在办公室里闲坐的习惯的，不是跟着下乡去送货，就是在柜台帮着忙活，或者在仓库帮着装卸货。

刚才同事传话时我怎么就没想着问一下符主任在哪儿。不过，他既然要找我，说明他今天没下乡，刚才在营业室里也没看见他，那很可能就在仓库了。

我转身准备去仓库找，路过财会室时，忽然听到里面传来符主任说话的声音，他的堂音很容易辨别。财会室的门开着一条缝，符主任背对着门站着，正在与林会计合计着什么。

我喊了一声："报告！"拉开门，迈进去一小步。

符主任转过身来，嗔道："报什么告，这也不是部队。"随后用手掌做了一个往里招呼的动作，说："过来。"

我注意到符主任的胡茬修剪过了，比平时整齐了许多，衣襟上还残留着没拍打尽的灰及酱醋的残液，估计他刚才是帮着搬货物去了。

"给你一个新任务。"

"什么任务？"

"去东道林子烟站付款，大概得两个多月。"

我愣了一下，镇静后回答道："我能行吗？"

每年这活儿都是由资深的供销社老职工去的，而且都选业务过硬的人去。这么重要的差事突然落到我这个参加工作还不足一年的愣头青身上，心里不免有些惶恐。

"年轻人不出去锻炼锻炼，怎么知道行不行？是骡子是马，拉出去遛遛不就知道了。"符主任说话也常带一两句俗语或歇后语甚至是玩笑话，不过他的语气倒让我紧张的心情缓和了不少。

没等我回答，他又说："你不是小算盘珠子拨弄得挺麻利的嘛？付个款咋还应对不了？"

我故作谦虚："那我就去试试吧。"

"你一个小跑腿儿，无牵无挂的，在哪儿还不一样？" 符主任接着又压低声音凑近我耳朵说："那边伙食好，一天还有三毛钱补助，傻小子，你美去吧！"

其实，我心里早就乐开了花，甚至高兴得差一点要跳起来。去收烟点正好要穿过二十里苍茫的大甸子，正是狍子出没的地方，派我去那里，不正是天赐良机吗，岂有不去之理？我心里高兴但表面上不敢得意忘形，生怕主任一反悔这好差事又落到别人身上去了。

林会计是个善解人意的人，早在一旁看穿我的心思了，笑着说："行了，别装了，再装可真要换人了。"

我不好意思地嘿嘿笑了起来。

符主任也跟着笑了："这好事儿你也要装……好了，怎么去那里林会计已经安排好了，让他给你具体讲吧。"说完推开门出去了。

符主任刚走，出纳员立刻笑着对我说："美差啊，都美出鼻涕泡来了吧，刚才林会计给你争取半天，别人想去还轮不上呢，还不好好谢谢林会计。"

"谢谢林会计！"我心里很想再说几句感谢的话，但天生嘴拙，只说了这五个字，就不知道再说啥好，一时语塞。

林会计朝我摆摆手："咱不整那些虚头巴脑的事儿，说说正事儿吧。"

接下来，他围绕去烟站付款一事向我做了一些情况介绍和交代。

我们公社位于县城正南方距县城约三十五里处，是进入大甸子后的头一道天然原生林带。这大甸子封冻后有两米厚的冰冻层，经得起载重卡车来回碾轧，基本上四通八达。但到了夏天，就是一片沼泽。所以早先这里人迹罕至，后经几十年开荒移民，逐渐形成一个有两千多口人聚居的栖息地，称头道林子。后来，县里将以此往南宽约二十六里、长十余里，方圆约二百六十余平方公里内，分布于沼泽中的三十余个村落，组建成一个行政区域，头道林子公社由此诞生。头道林子这个屯子也是公社驻地，我上班的供销社就在这个屯子的中央偏西北位置。别看这个公社地域面积挺大，但人口还不足一万五千人，而且居住得非常分散。

我刚下乡的时候，县城到头道林子只有一条刚修的战备公路，其中有十几里长的路面是就地取材，用草垡子和泥炭土在大甸子里垒出路基，再在上面铺一层石子就算完成了。化冻后一经沉降，路面便高低不平、坑坑洼洼，车辆只能在上面摇摆着爬行。若是雨天，便无法通车。

这已经算很不错了，从头道林子再往南去，当时还没有一条贯通的路呢。后来，县里决定将战备公路延伸，一直修建到人称南沟，离得更远更大的沼泽深处。我下乡第一年和第二年的农闲时节，基本上都在参加修路。但除了这条战备公路外，东西两侧大甸子里的许多屯子依然没有一条路走得通，走着走着，就被沼泽隔断了。

大约是土质好的原因，这些大甸子里的岗地上，种植出的晒烟却赫赫有名。北京市场上包装精美的关东烟里，就有"东道林子烟"这一牌子，还价格不菲。这东道林子烟就是指这一带产出的晒烟，当地老乡习惯叫黄烟。

从头道林子往南走出五里地，再往东南方向穿过二十里沼泽地，有一大片隆起的土岗，那就是东道林子，是众多黄烟屯中最大的一个村落。由于这些大大小小的黄烟屯都处在环水的沼泽地中，只有冬季封冻后，四面八方才都是路，与外界的交通畅通无阻。因此，县土产公司选择每年冬天在东道林子设点收烟，既方便烟农，也便于运输。东道林子大队隶属头道林子公社管辖，按照属地管理规则，烟叶收购中的付款结算工作应由当地供销社负责。

于是，这项工作今年就光荣地落在我的肩上。财会室把早已准备好的钱交到我手里，一共两万元。因付款要找零，都以小面额票为主，整整装满一大背包。

"带太多钱路上不安全，这些款子够你付三四天了。我会再派人给你送的，你付每一笔款都要仔细核对……"林会计似乎还有点不放心，反复叮嘱。

"我怎么去？"

"已经联系好了，一会儿东道林子大队支书来接你。"

"用不着这么大阵仗吧，要人家大老远来接？"

"你想得美吧，是顺路蹭个车，主要是安全些。"

原来，今天东道林子大队支书领着一辆马车来公社粮库送粮，卸完粮就往回走，正好能把我捎到烟站。我一看快晌午了，空着肚子路上也没地方吃饭，便说："那好吧，我马上去食堂看看饭好没，填饱肚子好赶路。"

"去吧，钱先放这里，我们替你看管着。"

我一溜小跑进了院子北边的单位食堂。

我从食堂回来时，正好碰见东道林子大队支书和车老板赶着马车过来了。

东道林子大队支书姓张，是个典型的东北汉子，高个子，身材魁梧，头上戴着一顶人人羡慕的猞猁皮帽子，毛茸茸的帽耳朵衬着一张粗犷的枣红色脸庞。而车老板则虎着一张黑黢黢的脸，也是同样身材魁梧，除了头上那顶狗皮帽子外，其余着装几乎与张支书一模一样。他俩都穿着羊皮大衣，高帮毡靴，唯整洁程度略有不同。看见他俩的一瞬间，我脑海里迅速闪过一帧《三国演义》里的人物画像。

张支书是个性格豪爽的人，刚一见面就亮起他的大嗓门："谁要捎脚？是你吗？"

他见我点了一下头，便接着嚷嚷道："那还磨蹭个啥？还不麻溜上车，赶路要紧！"

林会计闻声拎着那个装钱的背包跑了出来："我说是谁呢，这大嗓门，我隔了好几道门都听见了。"然后又千叮咛万嘱咐地送我上车，目送我离开。

马车刚走出不远，就看见符主任气喘吁吁地赶上来了。别看他一把年纪了，身子还挺灵巧，只用双手往车身上一搭，两脚一蹦，屁股就坐在车板上了。

"咋这么急？还想留你们吃饭呢。"符主任对张支书说。

"不用了，你看这天没个准头，还是趁着亮，赶早不赶晚。"

"好吧，我也不强留你们了，拜托把这小后生安全送到地方。"

"放心吧，差不了！那你这是要去哪儿啊？"张支书问。

符主任笑笑说："也蹭个车，回家吃饭。"

我知道符主任的家在屯子东南角，有一大段路是顺路的。但经过离他家很近的那个路口时，他并没有下车。马车一直走到屯口，再往前就没有人家了。

"吁……"车老板停住马车，回头瓮声瓮气地问符主任："你家在哪儿啊？再走就出屯子了。"

"我就在这儿下。"符主任一边回答一边跳下车，拍了拍裤子上的灰，转过身来一脸慈祥地看着我："我就送你到这儿了，到那里要服从烟站领导的指挥，要记住你代表的不是你自己，是整个供销社。好好儿干！有困难来电话。"

一股暖流涌入心里。

马车已经走出了老远，符主任的身影变得越来越小，但他似乎还站在那里。我的眼睛有一点湿润。

三

出了屯子，马车就加快了速度，车轮在极深的车辙里，嘎吱嘎吱地响着。目之所及，白茫茫一片，天虽然晴着，但太阳一直躲在天幕后面，犹抱琵琶半遮面。本来出了屯子，路两侧都是熟地，夏秋时节"青纱帐"望不到头，即便冬天被雪覆盖，垄沟垄台还是清晰可辨。但今年雪特大，别说地垄沟，就是大甸子，也被淹没了与庄稼地的界线。道路上两条极深且清晰的车辙，是辨别路与原野的标志，若偏离车辙一两米，十有八九会掉进被雪掩盖着的沟里去。

车老板特别少言寡语，但驭术极佳，此刻他坐在车的左前方，右脚屈起踏在辕杠上，手中长鞭往前用力甩出，又及时往回一收，用长鞭在空中抡出一个半弧，鞭梢炸开一声脆响。这一连串动作行云流水、一气呵成，三匹马听懂了鞭令，立马撒起欢来，鼻腔里喷出缕缕白气，辕马身上的铃铛响了一路。

驭术高低主要看鞭术，一鞭甩出去，响声要脆，落点要准，在马耳朵上方两尺为最佳，既要起到驱赶效果，又不能伤着马。那些鞭鞭落在马身上的驭手，肯定是个二五子，再好的马遇到这种主人，不死也得扒层皮。看得出，这车老板是个行家，我心里不由得肃然起敬。

"你是下放青年？"张支书明知故问，他其实也是想打破沉默的气氛。当地老乡习惯把知青说成青年，把下乡说成下放。

"是的，我是杭州知青。"我特意强调了杭州两个字。

"俺们东道林子也有许多下放青年，你们都认识？"

"那当然。"虽然我们头道林子公社的知青都来自一个学校，但其实有些人相互之间并不熟悉。尤其不是一个年级和不是一个班级的同学，但我却不知出于什么原因，不假思索地做了非常肯定的回答。

"那你干得不错，调到供销社去了，他们还在刨地垄沟呢。"张支书说得没错，我确实是少数几个初步脱离土地而有了革命工作的知青之一，但这个话题实在让我不知道该怎么回答。

张支书见我不吭声，便换了一个话题："想家不？"

这是当地老乡见到知青问得最多的一个问题，也是挺不好回答的一个问题。如果回答说想家，那就等于说自己不够安心，缺乏扎根边疆的决心；如果回答说不想家，没有人会相信这是你的心里话。

张支书看我没回答，便往上拉了拉皮袄领子，把脖子往里缩了缩，随即一声叹息："你们这些孩子呀，真不易啊！"

很显然，这是为缓和刚才的对话产生的微妙尴尬的气氛所做的弥补。

然后，三个人又陷入短暂沉默，只有马蹄和车轮不止不休地敲打着四周白茫茫的寂静。

过了一会儿，头上似有似无地飘起了细小的雪晶，落在脸上像细碎的针在扎，雾白色的天与远方的地平线连成一片。

张支书抬头瞅瞅天："看这情况，怕是后晌要下啊！"

"不会吧，才晴了一两天，怎么又要下？"我当机立断地抓住了一个可以搭话的机会，脑子里却闪过一个天有不测风云的念头。

"不碍事，咋也到家了。"车老板难得地接了一次话头，简洁、肯定、不拖泥带水。

正说着，马车已途经那个可以进入大甸子的岔路口，却并没有拐进大甸子，而是继续沿着大道径直往二道林子方向蹽去。

头道林子去往东道林子需从这里的大甸子里穿过去，大约有二十里路。冬天的大甸子是个一眼望不到边际的雪场，坐着三套车在雪原上看雪景，还能邂逅狍子，该有多惬意！但是，眼下车并未按我设想的方向走。

"嘿！停下！停下！咋不走大甸子啊？"我有些疑惑，因为经二道林子再往东道林子，正好绕了一个九十度的直角，要多走七八里路，哪有放着近路不走，去绕远路的道理，更重要的是绕开了大甸子。

车老板头也不回，对我的叫停并不理会。

张支书连忙解释道："来的时候我们确实是从大甸子过来的，但回去要到二道林子装一车粉条，所以要绕个远，这也是事先和那嘎（边）订好的。"

接着又补充道："是要给社员大伙儿分的，今儿个不去拉，明儿个就没有了。没有粉条，过年了拿啥炖猪肉呀？"

猪肉炖粉条是东北老乡最喜欢吃的一道美食，二道林子有一家粉坊远近闻名，生产的土豆粉条供不应求，订购或换购都需要提前预约，这一点我也有所耳闻。

"哦……是这样啊，那岂不是要耽搁很长时间啊……"

"耽误不了多少时间，顶多一个时辰，顺便吃点饭，烙油饼，也提前跟他们打过招呼了。"

"那我就不跟车了，还是自己走吧，能早点到。"我指了指大甸子，心想，好不容易有了一个去大甸子的机会，怎么能轻易错过呢？

"一会儿到二道林子还要吃饭呢，你进大甸子上哪儿吃去啊？"

"我刚才在食堂已经吃过了。"

"你们主任交代过，不让你自个儿走，带着一大包钱哪！"

"没事儿，我知道路。我不说，谁知道包里装的是钱啊？"大甸子里本没有路，车辙就是路，顺着东南方向的车辙印一直走，中间没岔路，去年我走过一次。但今年雪大，这条路好不好走，我心里也不是十分有底。

"路是没问题的，我们早上刚走过，但你不许自个儿走！"张支书的话中明显带有命令的味道了。

我的犟劲儿也上来了，提高了嗓音："没事儿！有你们在二道林子办事耽搁的空儿，我早蹽到了。"那一刻我忽然胆儿挺壮，也不管他俩同不同意，纵身跃下马车。

"吁——"车老板又一次叫停了马车。

张支书从车上站了起来，大声喊道："咋真的要挠岗子（跑）？"

"没事的，我也是想早点到烟站，那边等着用钱呢。"说完我就自顾自地朝大甸子走去，身上的背包有点沉甸甸的。

"回来！你咋这么犟呢？"张支书在身后喊。

我只回头朝他俩挥了挥手，并未搭话，因为我想不出合适的话来回答。

少顷，身后传来拉长声音的叮嘱："驾——小——心！沿——车——

辙——走！”

我用戴着棉手闷子的双手在嘴边拢成喇叭状，回喊："知——道——了！"

我走了一段路又回头，看见这两个东北汉子和一辆三套车伫立在那里，张支书和车老板没走，还在那儿看着我，整体像一尊雕塑，也许他俩还在为该不该放我一个人走而纠结。我再次向他们挥挥手，示意他们快点走，但雕塑似乎一动不动。

我继续往大甸子深处走去，这尊雕塑在我的视线里变得越来越小时，终于开始移动了。

第一次孤身一人在茫茫雪原里跋涉，心里还真有点莫名的兴奋。憧憬着有一只甚至一队狍子跑来，在不远处与我邂逅。天有点阴下来了，地上的雪还是白得刺眼。我不敢离开车辙印，走得倒也顺畅。

为了保险起见，我走一会儿，就辨别一下方位。身后头道林子的影子逐渐模糊，说明我已走出很远，离烟站越来越近了。左后方乌尔古力山披着银装，右前方二道林子的屯子虽然被林子挡住了，但遥望那道林子依然清晰可见，说明我的方向没错，脚下的车辙清晰可循，方向没有偏离。

又走了一会儿，狍子没盼来，雪却不盼自来。开始时下得小，并不影响视线，我也不在意。在北大荒下雪天赶路是常有的事，这雪花落在身上也不化，一拍打就掉了。看来张支书的预测还真有点准头。

瞅瞅表，才中午十二点多，心里寻思着即使没走一半也该走了三分之一了，时间充裕得很，心里一阵放松。

不料走着走着，雪却越下越大了，渐渐地变成了鹅毛大雪，纷纷扬扬且铺天盖地，落相也乱了章法。天色逐渐变得混沌，远处乌尔古力山清晰的轮廓在雪幕里开始淡化，渐渐淡化在一片白茫茫的雪色里。再四顾其他参照物，也都看不清楚了。我心头一紧，便脚下生风，小跑起来。

北大荒的雪不像南方的雪，它落地不化，冰面上如同撒了一层晶莹的粉末，脚踩上去扑哧扑哧地响，脚步一快，便一趔一滑，摔了一跤又一跤。幸好地上有雪，身上有厚棉袄，滑倒也伤不着人，一路上也没遇见一个人，不怕窘相被人窥见。

慢慢地，我找到了在冰甸子上行走的诀窍，遇到有干草阻隔而形成的雪楞子，就踩着雪楞子走，虽费劲儿但不滑；遇到没草的冰河，就顺着冰面打滑溜，既省劲儿又好玩。

就这样滑滑跑跑走走，不一会儿，汗珠从心口后背沁出来，棉帽四周挂满了白霜，眉毛嘴唇都结满了冰碴。脚上那双棉皮鞋也冻得硬邦邦的，走起路来越来越慢了，脚指头冻得有点钻心地痛。于是就缓步慢行，直到走不动了，才停下憩息。才憩息片刻，汗湿的衬衣就透心凉，我不禁打了一个寒战。

雪仍然像梨花般轻柔曼舞，悄无声息地落在身上；又像变魔术般遁入雪层，无声无痕，新雪覆旧雪，脚下那条车辙印渐渐模糊、难辨。身后最大的坐标乌尔古力山完全看不见了，右前方的二道林子也隐藏到雪幕后面去了，没有日头，没有风，也没有任何可以用来辨别方向的参照物，我迷路了。

一丝不祥的感觉掠上心头，如果长时间走不出大甸子，可能会被冻伤，甚至冻死，这种事情在北大荒并不少见。我强迫自己镇静下来，大脑飞快地搜索各种分辨方位的办法，但大雪迅速覆盖了车辙印，瞅哪儿都是路却又不像路。我抬头望望天，雪越下越大，雪片落下时几乎呈垂直状，根本判断不出风向，能见度不足一里地。没办法，只能凭着感觉走。

也不知道在大甸子里走了多少冤枉路，前方视野里始终没有出现东道林子的影子。已经下午两点多了，按时间推算早就该到了，还有一个多小时天就要黑了。天黑下来就更麻烦了，这里的屯子还都没通电，到时候漆黑一片，该怎么找啊？我心里一着急，而且又累又饿，双脚像灌了铅似的沉重。摸摸背包，钱还安然无恙，心里踏实了一些。

就在这时，冷不丁从我的视线里窜过一队狍子，一共四只，三大一小，不紧不慢地在雪里蹦跶。兴许是跑累了，它们不断地停下来回头张望，那只小的落在后面，好像在玩耍。

我想起老乡们关于狍子习性的那些传说，暂时忘记了迷路的恐惧，试着呼喊："狍——子，回——来！"狍子们听到我的喊声后，真的停下脚步回头望，那只小狍子大约童心未泯、好奇心重，还往回跳跃了几步，直愣愣地向我的方向张望了一会儿，旋即转身，消失在雪幕里。虽然离得很远，但我还是看到了那几只狍子圆溜溜的白屁股，并没有老乡们所说的那么耀眼。

天还是黑了下来，四周寂静得能听见雪花落地的声音，大甸子笼罩在恐怖的夜色里。我边走边后悔，后悔自己为什么要这么犟，孤身闯进大甸子。更要命的是，偏偏这时候又想起了许多有关狼的故事，总觉得身后有一匹狼在尾随，紧张得一步三回头，每一次回头都庆幸没看到绿莹莹的眼睛，却又时刻感到那双绿眼睛就躲在附近某个雪楞子后面。

几近绝望时，忽然远处陆陆续续出现了点点灯火，那不是闪烁绿光的眼睛，而是救命的灯火！我拼尽全力地踉跄奔去……

原来，张支书他们早就到家了，去烟站打听得知我还没到，就马上组织了部分社员来搜寻我。张支书说，他们已经寻了很久。天黑后，又返回屯里点亮马灯再出来找。本来我应该比张支书他们先到的，因偏离了方向，所以找不到屯子，也没有与寻找我的人相遇。其实我一直在离屯子不远的西北方向打转转，因屯子里没有电灯，一片漆黑，雪又下得大，所以失去了方向。幸好只是打转转，没有越走越远。

张支书见到我的第一句话就是："没出事就是万幸！"是啊，遇到这种鬼天气，一旦累倒或冻伤跌倒在大甸子里，就会被大雪覆盖，不到化冻的季节，上哪儿找去啊？而且，老乡们说，大甸子里真的有狼。想想都后怕。

那晚，烟站的土屋成为我温暖的避风港。

四

第二天，我开始履行付款员的职责。当我把一笔笔烟款交到一双双粗糙、皴裂、布满老茧的手里时，也欣喜地看到他们接过钞票时脸上绽开的笑容。那是一年劳作的回报，更是来年生活的希望。

北大荒人都很豪爽，接过烟款后常会随手抽出一张小额钞票扔在桌子上："一点小意思，买盒烟抽吧！"有的人甚至会抽出一张十元钞来，那年代十元可是大钞。当然，我们都会一一婉拒。

烟站加上我一共有九个人，有负责人、验质员、开票员和打包员，还有一位大师傅（伙夫），我负责结算。负责人姓童，是县土产公司的副经理，大家都叫他童经理。他对我说，昨天他们不断地给供销社打电话，互通情况，差一点就把电话机的摇把摇坏了。

"你们把我迷路的事儿告诉供销社了？"我心想，这下坏了，这事儿没法隐瞒了，回去挨训是免不了的了。

"那当然，这么大的事情，谁能不着急啊？"

"我们领导咋说的？"我关心的不是他们着不着急，而是符主任及林会计他们对此事的态度。

"那还用说，那边搜救队都组织好啦，刚出发就接到已经找到你的消息了，然后又撤回去了。"

听童经理这么一说，我知道这下祸闯大了，没别的补救办法，只有在这儿好好儿干，千万别再出差错，要不回去真就交不了差了。

下午，有位老乡给烟站送来一大块狍子肉，我们几经推辞但盛情难却，最后还是收下了。晚上大师傅老王头给大家包了一锅狍子肉蒸饺，纯正的野味，虽略带土腥，但鲜美得不得了。我一边吃一边想，待收烟工作结束回去时，领导会不会就把这件事情给忘掉了呢？

又过了一天，天气晴朗起来，白雪皑皑的大甸子里泛着炫目的银光。趁着好天气，远近屯子的烟民都来交售烟叶，有赶着马爬犁来的，也有用人力拉着爬犁来的。烟站里的人都忙活起来，验质，过秤，开票付款，打包入库，井井有条。

我正在埋头数着钞票，童经理进来跟我说："头道林子来人了。"

我一愣，抓紧把手头这笔烟款付利索，抽身出来张望。

原来是公社武装部山副部长来了。山副部长是刚从部队转业到地方的年轻干部，看上去还是血气方刚的年龄。只见他一身戎装，肩上斜挎一杆半自动步枪，骑着一匹枣红马，眉宇间透出一股英气。

他离老远看见我，未来得及下马就喊道："小老杭！我看你来了。"

公社有许多干部喜欢在背地儿把杭州知青叫成"老杭"，但不知怎的在招呼我的时候就要加一个小字，大概是我年龄小或者个子小的原因吧。

"哇，原来是您啊！您怎么来了？"

"怎么，我不能来吗？路过这里，顺便来看看你。"

"看我？"我有点不大相信，也有点受宠若惊。

"你这小子现在也算是大名人了，头道林子家喻户晓啊！"

真是哪壶不开提哪壶，没想到我这点糗事传得这么快。我心里这么想，嘴上却说："您快进屋，暖和暖和再说。"

其实，山副部长这人挺随和的，特别喜欢和年轻人打交道，平时也不见外，在一起时也常会开个玩笑什么的。不过我心里还是有点怀疑，他今天是否真的是来看我的，我们之间并没有这么好的交情。

我心里正七上八下时，山副部长已经迈进屋里。见屋里还有好几位在等待结账的烟民，他赶忙对我说："快忙你的，我先歇会儿，抽根烟。"

说着，他脱下帽子，摘下棉手闷子，又卸下背着的枪立于北炕一角，随即盘腿坐在炕上。我递过一盒刚打开的烟，他推开我的手说："不抽这个，我有'卷牌'的。"（"卷牌"是当地人对手卷烟的戏称）

这时童经理早就在屋里了，出于礼貌，他没有冒昧搭话。我赶忙给他们互相做了介绍。山副部长立马从炕上蹦下来握住童经理的手："幸会！幸会！"一边又回头埋怨我："怎么不早说？"

童经理回道："欢迎指导！我们在这里收烟是离不开当地领导的支持的。"

"客气了，我不是来谈工作的，就是顺路过来看看他。"

"这年轻人不错，工作认真细致，才来两天，大伙儿就都喜欢上他了。"童经理不失时机地夸了我一句。

"我要去南面几个屯子调查，临走时遇见供销社的符主任，委托我来安慰他一下，让他不要有思想负担，安心工作。"

我的担心瞬间像一块石头落了地。

中午我们吃猪肉炖粉条，主食是白面馒头。符主任没有骗我，这里的伙食确实比供销社食堂要好得多。在童经理的再三挽留下，山副部长也留下与我们一起用了午餐。

饭后，山副部长要走，当他拿起那杆半自动步枪时，我心里突然生出一个想摆弄一下枪的愿望，便问："您枪里有子弹吗？"

"你这不是说废话嘛？没子弹我背着它干吗？贼拉沉的。"

"真的？"

"那还有假？刚才路上还遇见一匹狼，我搂了一枪，可惜没打着，被它跑了。"说完，他警惕地看着我，"想干吗？要子弹可没有啊。"这些天向他讨要子弹的人一定不少。

"我不要子弹，就想打一枪。"

"那更不行了！万一打着人怎么办？"

"不会，房后就是大甸子，我往那里打，怎么会打着人呢？就打一枪，求您了！就打一枪。"

大家也在一旁帮腔："就让他打一枪吧。"

山副部长犹豫了一下，终于答应了。我们来到房后，北面是一望无际的雪原，离房子约五十步开外有一排落满雪的白杨树，像是屯子与大甸子的一条界线。

山副部长把枪里的子弹都退出来，只留了一颗，推上膛，对我说："三点成一线，你就打那棵树。"

我接过枪瞄了一下说："我要打那棵树上的第一个枝杈！"

"得了吧，能打中树干就不错了，还想打枝杈哩。"

我瞄了一会儿，山副部长在旁边催道："你倒是打呀！怎么不敢打啊？你倒是打呀！"

他第三句话的话音刚落，枪声响起，那枝杈应声折断，树上的雪也簌簌地落下来。

"你以前打过枪？"

"打过，是气枪，打麻雀的。"

"看不出来啊，你小子还有两下子。"

"没有，没有，只是瞎猫碰着死耗子而已。"

"看来可以考虑让你加入公社基干民兵了。"

"真的？"

"不过，那要看你的工作表现了。"

山副部长走了，背着他的枪，骑着枣红马。我望着他于皑皑白雪中越来越远的身影，心想，如果刚才大甸子里真的出现一只活蹦乱跳的狍子，我会舍得一枪把它撂倒吗？

这时，童经理站在房山头喊："玩够没？该开工了！"

梅花缘

天刚蒙蒙亮，梅文华就醒了，抬了抬眼皮望望窗户，外面灰蒙蒙的，还有点黑。墙上的挂钟一团灰暗，看不清指针。打开手机一看，才五点钟。梅文华翻了个身，又闭上了眼睛。

梅文华虽然是很轻微地折腾，但老伴觉轻，也醒了。时间还早，她怕打搅了梅文华的回笼觉，没敢挪动身子，就合上眼皮静静地眯着。以往的生活习惯告诉她，只要挨过五分钟，他就会进入下一轮睡眠。

平日里梅文华习惯晚睡晚起，一般要睡到早上七点以后才醒，还喜欢赖会儿床，有时赖着赖着就又迷迷糊糊地来一小觉。今天很反常，五分钟过去了，老伴没听见熟悉的鼾声，却听见了起床的声音。睁眼一看，梅已坐起靠在床头，戴着老花镜浏览手机。

老伴觉得好奇："抽什么风！大清早不睡觉，玩手机？"

梅文华轻声回道："看看有什么重要信息。"说的时候都没看老伴一眼，目光始终没离开手机。

"哪儿来的重要信息。"老伴停顿了一下，又说，"彩票中大奖了？"

老伴一边开着玩笑，一边起床穿衣，反正都不睡了，就顺手把灯开了，窗帘也拉开了，接着走进卫生间去。

梅文华和老伴从黑龙江回到杭州后，就一直住在岳父母家里。半年前岳父母相继离世，他俩也暂时留了下来。这房子虽然在旧楼里，但离市中心并不远，又远离主街，算是闹中取静。楼层是三楼，不高不低，正好。虽然视线不开阔，但楼前不远处有棵榆树，这几年生命力特别旺盛，树冠不知不觉已高过窗台一米多。南方春来早，这几天新绿迅速取代了旧颜，白天望去，半窗生机盎然，赏心悦目。这会儿天还不够亮，尚有一袭轻纱遮着叶子娇嫩的容颜。春天的鸟儿性子急，等不到天亮，就在被窝里叽叽喳喳地闹腾起来，梅文华仿佛看见它们在绿茸茸的被子里翻来滚去。

老伴还没从卫生间出来时，嗓音先一步传来："我说太阳从西边出来了，想起来了，今天是你的生日。你在盼儿子、孙子的信息，是不是？"

一语中的，梅文华嘿嘿地笑了。

一

梅文华和老伴都出生在这个有天堂之誉的城市。梅的父母经历了没文化的苦，希望儿子成为一个有文化的人，所以，在儿子出生的时候，夫妻俩一合计就给儿子起了一个既有文化又有民族情怀的名字。

但事与愿违，越怕啥往往就越来啥。

梅文华读小学时，男同学之间盛行取绰号，那时候大家年纪小，想法也简单，取起绰号来不仅五花八门，而且用词一点也不雅，诸如什么"乌龟""王八""吊死鬼"，个别坏小子甚至把生殖器的名称都用上了。梅文华算是幸运的，只是被同学按谐音叫成了"没文化"，这个绰号相比之下侮辱性小，算是比较雅的，又与实名谐音，所以生命力特别顽强。时间一长，连女同学也都跟着叫开了，从小学叫到中学，再到上山下乡，最后一直叫到黑龙江。不管梅文华如何抗拒，最终也只能妥协接受了。

刚到黑龙江没几天发生的一件事情，让梅文华的真名又一次被绰号淹没。

梅文华和同队知青落户到生产队时还没开春，北大荒依然是冰天雪地。银装素裹的景色对于这些初出茅庐的南方孩子来说，真是新奇透了，像进入童话世界一般快活。但很快，零下三十几摄氏度的严寒将他们差点冻出鼻涕泡来。室内需要不间断地烧火取暖。那时候，北大荒的农村还烧不起煤，都是烧柴草。每年秋后初冬，大甸子刚上冻，草叶枯黄了，家家户户都去甸子里打草，备够一年的柴火，堆在院子里。衡量这家主人是否勤快，柴火垛的大小和整齐程度即可作为直观的判断标准之一。可知青们刚去，哪来的柴火垛？队里就给知青们送来一车煤渣子做燃料。煤渣子烧炉子还挺好使的，烧炕就不太好使了，尤其是不易点火。正好不远处的生产队场院里有两个巨大的草垛，知青们并不清楚那是喂马的谷草，就时常趁天黑去拽两捆回来引火。

那天暮色初上，梅文华去拽了两捆谷草，还没走出场院，就被一社员逮了个正着。

"你小子干啥呢？"

"我拿两捆草引火，不行吗？"

"这是谷草！"

"谷草怎么了，难道不能烧吗？"

"瞧你，还胆肥了，这是喂马的，马的口粮，懂吗？"

"这……"梅文华顿时语塞。

"我说这两天谷草下得这么快，敢情是都让你们拿去烧火了……"

那年头马是生产队里耕作、运输的主要畜力，喂马的谷草是何等金贵，拿去当柴火烧，这事有点严重了。但毕竟不是故意为之，又制止了，遇到一般社员也就批评几句，告诫一声，下不为例，也就算是过去了。没想到这名社员还挺较真儿，回头就把这事儿上升到破坏生产的高度，火冒三丈地向生产队队长反映了。

第二天晚上，正好生产队开大会，一屋子人挤在一起吞云吐雾，旱烟味呛得人睁不开眼睛。昏暗的油灯下，队长问："烧谷草的事儿是谁干的？"

队长是个憨厚人，他心里明白，一帮子城里来的小青年，还来自南方，初来乍到，分不清这草那草也算不上什么稀奇事儿，城里来的工作组不也有人连韭菜和麦苗都分不清吗？原本并不想理会这事儿，但有人反映了，不过问一下似乎说不过去。

听见队长发问，那名反映问题的社员立刻在人群里大声回答："就是那个叫'没文化'的知青干的！"

其实那社员也不知道梅文华的大名，一个百十来号人的生产队，突然来了十几名知青，一时半会儿分不清谁是谁，都对不上号，这名号也是从知青互相之间打招呼中知悉的。

队长笑出声来，半开玩笑地说："怎么说话来着？知识青年都是有知识有文化的，烧了两捆谷草就没文化了？"

满屋子人都哄堂大笑起来。当时，梅文华恨不得地上裂条缝，立马钻进去。

队长不经意地一问，又来一句轻松的玩笑话，这事儿就轻描淡写地化解了。不过从此后，"没文化"这个名号却声名远扬了。慢慢的，他的大名似乎被遗忘了，时间长了大家都混熟了，有些老乡就没话找话地揶揄他："没文化还来当知青？"

梅文华老伴的芳名就不一样了，姓也好听，名亦雅致，叫花琼瑶。花琼瑶的父母可都是知识分子，女儿的名字取自《诗经》中"投我以木桃，报之以琼瑶"之句，意蕴自然美得不用说。

花琼瑶在学生年代从来没有人给她起过绰号，大家不是叫她"小花"，就是叫她"琼瑶"，也有人叫她"瑶瑶"，无论哪种称呼，听起来都很有亲切感。这固然与她的名字取得好有关，但与她长相甜美，性格乖巧，特别讨人喜欢也不无关系。而父母更喜欢叫她的小名"琼琼"，在父母眼中，琼琼是一块天生的美玉。

人到中年后，闺密们觉得叫"小花"有点不适合年纪了，就干脆叫她"花儿"，花琼瑶心里更美了，觉得自己一生都像花儿一样美丽。虽然现在已年近古稀，脸上的核桃皮也越来越难以掩饰，但她觉得自己还是一朵花儿。更重要的是梅文华也喜欢这么叫她。

二

梅文华和花琼瑶从小在一个院子里长大，小学同班，中学不同班但同校，下乡时又一起去黑龙江插队，虽没分在一个生产队，却同属一个大队，都生活在一个屯子里。花琼瑶在学校里虽然比较文静，但颇有唱歌跳舞的才能，很受老师赏识和同学喜欢。下乡后，她的特长在同学们的吹捧下很快被大家发现。有一次大队开大会，一位队干部提议请花琼瑶上台唱一段，在大家的掌声鼓励下，花琼瑶红着脸唱了一段样板戏，没想到这一亮相赢得全场掌声雷动，立刻成了屯子里的大明星。

村里的大娘大嫂们对花琼瑶那个稀罕劲儿就更不用提了，见了面夸，背后也夸。谁家做点好吃的，都抢着来找花琼瑶分享。以后每次大、小队开会，大家都起哄要花琼瑶在会前唱一个，慢慢地就成了保留节目。一来二去，公社领导也有所耳闻，在备战全县文艺会演时，花琼瑶顺理成章地被选入公社文艺宣传队。参加完全县文艺会演后，公社为保护人才不流失，就把花琼瑶安排到公社中学当了老师。

梅文华就没那么幸运了，其实他很喜欢舞文弄墨，但这些才艺在生产队没有展示的机会，再加上有"没文化"这么个"美誉"加身，在大家心里就自然而然地把他归入了普通劳力的行列。

而梅文华好像天生就不是个庄稼人，力气小不说，干农活儿还总跟不上趟。他第一次参加劳动是刨粪。那个年代，东北农村习惯把马厩、猪圈、茅楼（厕所）里清理出来的粪便集中堆成一个丘，沤上一年，来年开春前趁冻刨碎，扬到地里做肥料。这活儿没什么技术含量，只要肯出力就行，所以知青劳动第一课，就是和社员一起刨粪。梅文华自告奋勇要抢镐，但抢了十几下就气喘吁吁，抡不动了。

一个膀大腰圆的社员一把从"没文化"手里夺过镐，用带有轻蔑的口气说："瞧你这熊样儿，还抡镐？上一边儿待着去！"

说完一阵猛刨，一地碎粪碴儿足够装满两马车了。梅文华忽然觉得自己矮了半截。

开春时第一次到地里干活儿，虽说是个力气活儿，但也需要注意安全。打头的见干活儿的人群里有许多知青，便再三强调注意安全，告诫不要刨着脚，还故意放慢进度，以便知青们都能跟得上。没想到"没文化"一镢头下去，就把鞋底前半截刨出一个口子，幸好没伤着脚。当时把打头的吓得不轻，收工后立马找队长要辞去"打头的"这一差事。

铲地时，"没文化"也时常手一抖，就把庄稼苗连草一起铲了。他铲过的垄，经常要补苗。大家见他这"熊样儿"，心里就愈发把他看扁了，分组干活儿的时候，哪个组都不欢迎他。只有集体劳动时，梅文华才能找回一点自己在生产队里的存在感。

这种窘况让梅文华煎熬了两年，直到一名在县城读书的高中毕业的回乡青年担任了大队支书，终于慧眼识英才，让梅文华担任了村小学的民办教师。有了这个小小的舞台，他的才华逐渐显露出来。屯子中间竖着的大旗杆上绑着东西朝向的两只大喇叭，每天早、中、晚都会准时响起公社广播站的播音，常常会播出"没文化"写的稿子。时间一长，有些社员就送了一个"写匠"的雅号给他。

两年后，他被选进公社的"秀才"班子，专门为公社领导写材料。换了环境，他那个含有贬义的"没文化"的外号似乎也被人忘记了，队里的老乡去公社办事，见到他也都恭敬地叫他"梅秀才"了。

人的命运很奇怪，有时候好运会结伴而来。就在"梅秀才"事业上春风得意之时，爱情也向他伸出了橄榄枝。递来橄榄枝的不是别人，正是与他青梅竹马的同学花琼瑶。

本来，以花琼瑶这样的才貌，梅文华是入不了她的眼的。但那时候知青几乎年年都有病退的、上学的、返城的，有门路的都走得差不多了，剩下来的知青已寥寥无几。花琼瑶出于生活习惯上的考虑，还是想嫁个南方人，而父母又是迂腐的知识分子，想要靠父母找门路把自己弄回杭州去，可能性几乎为零。这种情况下，"梅秀才"就成了她择偶的选择之一。

没想到父母收到琼琼的来信，知悉她的心事后，在回信里不仅表示同意，还将梅文华夸奖了一番，说梅文华是个好孩子。他们是从小看着他长大的，家庭出身可靠，人又忠厚老实，是个可以托付终身的人。花琼瑶仔细一想，父母说得也确实有道理，找对象不就图这个人可靠嘛。再说从梅的现状来看，事业上还有一定的发展前途。

于是，一切都水到渠成。两人去公社民政助理员那里领了结婚证，把行李卷儿搬到一铺炕上，就算是结婚了。婚礼很简单，在中学一间教室里举行，二两茶叶、一斤糖果、几斤瓜子，来宾坐满了教室。他俩从箱底翻出了平时舍不得穿的衣服，虽然不是全新的，但也整洁得体。两人胸前各佩一朵小红花站在讲台一角，更显得容光焕发。旁边坐着公社书记和中学校长，做他俩的证婚人，这在当时已是最高规格的礼遇了。婚礼由在中学教语文的赵老师主持，赵老师平日里说话风趣幽默，号称"赵铁嘴"。按惯例，主持人首先要向来宾介绍两位新人的身份及恋爱经过，这在那个年代是一条不成文的规矩，虽然大家早就熟识，但规矩还是不能破坏的。"赵铁嘴"介绍起来妙趣横生，果然不同寻常。

赵老师清清嗓子，张嘴就是一句："新郎新娘不是人——"

尾音故意拉得很长，语气加强并停顿了一下。全场愕然，以为赵老师吃错药了。

"不是人是什么？是神！是爱神！是牛郎织女下凡间！"赵老师说这一

连串句子时就像说相声一样，抖了一个不大不小的包袱，语速、声调都拿捏得恰到好处。

顿时全场鼓掌加喝彩，气氛热烈得不得了。

还真让赵老师说中了，他俩婚后真的是牛郎织女共沐爱河，几十年都恩爱如初，无论生活多么艰辛，始终相敬如宾。用东北老乡的话说："都没见过他俩红过脸。"

有一年的热播电视剧是《梅花烙》，那时梅文华一家早已进了县城，他在一家事业单位当上了主要领导，妻子也进了教育局，儿子已上高中。梅文华观剧生情，对身边的人说，他和花琼瑶也是一对梅花组合，一个姓梅，一个姓花，梅花香自苦寒来，是现代版的"梅花三弄"。

别人不解："怎么个梅花三弄？"

"一弄青梅竹马，二弄上山下乡，三弄余香绵绵，这不就是三弄嘛。"

梅文华的解释多少有点牵强，但他对自己的婚姻和家庭的满意度溢于言表。有时候还会情不自禁地哼哼起那句"问世间情为何物，直教人生死相许"。花琼瑶见梅文华心情好，早已淡忘的才艺也突然间如枯木逢春，主动凑上去接唱下一句，夫妻一唱一和，好不快活。

儿子已经到了情窦初开的年龄，见老爸老妈大大咧咧地晒他们的"梅花情缘"，忍不住嘲笑他们："太肉麻了！"

周围的人都羡慕梅文华福气好，娶了个如花似玉的好老婆，还有一个学霸儿子。花琼瑶心里明白，其实是自己有福，嫁了一个懂她疼她的好丈夫。

三

吃过早饭，梅文华忍不住又看了一下手机，他在等儿子的那句"生日快乐"。也许是上了年纪的缘故，他心里常有一种希望被晚辈关爱的渴望，哪怕一个电话、一条短信也好。这种心态前几年还比较隐蔽，不知什么时候，慢慢地显现出来。今天他心里隐约有一种感觉，这句祝福不一定会来，但他还是满怀希望地等待着。

花琼瑶见梅文华心神不宁地频频查看手机，特别理解丈夫的心情，儿子和孙子是他们最牵挂的人了。然而，丈夫和儿子之间曾产生过一点小隔阂，关系已经有几年不怎么融洽了。这事儿其实还是因她而起。

那时候孙子都上高中了，儿子儿媳都是医生，工作忙得根本没有时间打理家务。于是花琼瑶申请提前退休，然后就担任起了家庭主妇的角色，一家人就这么其乐融融地生活着。

有一天，花琼瑶的父母来电话了，二老已年逾九十，生活上有点力不从心，希望她能回到身边照料他们。她虽有一个弟弟，但也在外地。父母觉得，她从小就是他们的宝贝疙瘩，是他们的贴心小棉袄，现在他们需要人照顾，当然还是她最合适。

花琼瑶辗转反侧，夜不能寐。一边是年迈的父母需要照顾，一边是自己一家和正在备战高考的孙子。她是教师出身，除了能帮衬家务，在一定程度上还可以指导孙子复习。这个抉择放谁身上都是两难。思考再三，花琼瑶还是想听听梅文华的意见。

梅文华是坚决支持花琼瑶回去照顾二老的。那时梅的父母已双亡，想尽孝也没有机会了，所以，他特别理解妻子的心情。

他对花琼瑶说："儿孙再重要，也不如老人重要！因为儿孙有未来，老人只剩下亲情与关怀。"

"我走了，那家里怎么办？"

"不是还有我嘛！"梅文华就差没拍胸脯了。

"要不，我先回去看看，看有没有别的办法可以解决。"

"二老已经心急如焚了，你回去，才是最好的选择。"

"再征求一下孩子的意见？"

"别节外生枝，这事情我做主了。"

虽然儿子儿媳心里不是很情愿，但不敢违拗父亲的决定。

花琼瑶在梅文华的支持和催促下只身回到了父母身边。这时，二老已处于半卧床状态，在女儿的悉心照料下，情况慢慢好转起来。每天晚上，花琼瑶都会与梅文华通电话，互诉近况。梅文华不在身边，花琼瑶就像丢了魂儿一样。以前在家里，梅文华是她的主心骨，现在面对父母，她成了父母的主心骨，这种角色的变换，让她更加想念梅文华，想念儿子一家。

"文华，你还好吧，血糖稳定吗？孩子们都怎么样了？"

花琼瑶最担心的就是梅文华患有糖尿病，又不注意饮食。自从回到父母身边，花琼瑶对梅文华的称呼也改了，不再叫老梅，而是改叫文华了。她忽然觉得老梅与"老没"谐音，多不吉利啊，可别叫没了，她与文华，也要像父母那样白头偕老呢。

梅文华却总是报喜不报忧，以致花琼瑶一直不知道他们父子间的关系发生了一些微妙的变化。其实，花琼瑶走后，梅文华与儿子之间的磕磕碰碰就没间断过。家里突然少了一个料理家务的人，难免一团糟。尤其是辅导孙子并不是梅文华的强项，有许多题梅文华根本就不懂，不得不把孙子送进各种补习班，平添了许多麻烦。时间长了，儿子嘴上抱怨的话也多了，父子之间便免不了抬杠。渐渐地，梅文华觉得儿子叫他老爸的时候少了，前面的称谓基本免了，开始直接说事儿。以前，梅文华觉得儿子总是老爸老爸地叫，好像都把自己叫老了。现在梅文华巴不得儿子老爸老爸地多叫几声，可儿子似乎就与他憋着劲儿，能不叫就尽量不叫，必须叫时，过去的那种亲切感也听不出来了。

梅文华过生日那天，他张罗了一桌好菜，儿子儿媳却没按时回来，他与孙子等了很久，菜凉了，热了一遍又一遍。

一直到很晚，儿子儿媳终于回来了。

儿子一进门就说："对不起！有一台手术耽搁了。"儿子解释了一下回来晚的原因，但省略了不该省略的称谓。

儿媳还是说了一句祝福："老爸生日快乐！"

"没关系，没关系，那就赶紧开饭吧。"梅文华嘴上说没关系，但心里还是有点不舒坦，叫一声老爸就这么难吗？再说，有事就不能来个电话吗？

孙子给蛋糕点上蜡烛，要抢着给爷爷许个心愿。

儿子说："这得让爷爷许。"

梅文华却很高兴让孙子来许，连忙说："馨馨许好，馨馨许好。"

馨馨是孙子的小名，大名叫梅书馨，因与"舒心"谐音，儿子给他取这个名字时，梅文华非常赞同。

馨馨看了一眼窗外飘着的雪花，很有诗意地说："梅花喜欢漫天雪，这雪就是给爷爷祝寿来了，也是爷爷奶奶梅花情缘的象征。祝爷爷生日快乐的同时，也祝爷爷奶奶都健康长寿！恩爱到老！"

孙子真会说话，可把梅文华说得乐开了花，眼泪都差一点要流出来了。但儿子却来了一句让梅文华心里感到别扭的话："小小年纪，咋这么肉麻！"

梅文华觉得这句话表面上是在说孙子，但怎么听都像是在说自己。

那天，一桌菜剩下了不少。

孙子考上大学后，梅文华觉得再与儿子儿媳住在一起有点碍事了。而此时岳父母的身体每况愈下，岳父已卧床不起，仅凭花琼瑶一己之力已很难照料，梅文华便回到杭州，与花琼瑶一起照料二老。

四

梅文华和花琼瑶一起照料二老的日子虽很辛苦，却是快乐的。两人又可以成双入对、形影不离，还有一丝落叶归根的兴奋。儿时的生活习惯也逐渐被唤醒，除了一口不太标准的东北口音外，其他方面基本南方化了。

把儿子儿媳留在了黑龙江那边，这一直是梅文华和花琼瑶共同的一块心病，而这块心病在岳父母离世后显得愈发沉重了。本来，二老走了，他们是打算回黑龙江去的。因为他们的户籍、养老、医保等均在黑龙江，在此生活有诸多不便。尤其是花琼瑶，特别挂念儿子，恨不得马上就回到儿子身边。

梅文华的考虑就稍微多了那么一点点，觉得他们两口子年纪也大了，儿子现在也未必需要他们帮助，弄不好还会给儿子儿媳的二人世界添点堵，前几年他与儿子相处的经历时刻在提醒着他。

于是，他小心翼翼地跟花琼瑶说："馨馨已去国外读研，咱俩回去，是不是会给天佑两口子添麻烦？"

可花琼瑶觉得梅文华想多了，一家人哪来这么多事儿。

"儿子又不是外人，什么麻不麻烦的！"

"话是这么说，但儿大不由娘。要回，也得等天佑有这个意思咱再回。"

"这倒也是……"花琼瑶回想起儿子虽常来电话，却的确没提过这个话头。不过前一阵子儿子两口子好像一直很忙，是因为忙吧？花琼瑶越想越心乱如麻，没了主意。

他俩就这么犹犹豫豫地在杭州暂时滞留了下来。

今天是梅文华的七十岁生日，他想，论理是该小庆一下，但岳父母离世不到半年，从孝道上讲不太合适，况且他知道花琼瑶还未从失去双亲的悲痛中走出来，无论如何不能去触碰她心底的隐痛。所以几天前他就打定主意不提过生日的事情，也不希望花琼瑶记起他的生日。但到了这个日子，心里还是盼望儿子给他送祝福。他知道儿子儿媳都很忙，可今天是他的七十寿辰，儿子总不该忘记吧？

这会儿，他的心事被妻子看破了。花琼瑶伸出手，隔着桌子握住他的右手掌，另一只手放在他的手背上，温柔地说："生日快乐！"

"你也快乐！"

"你怎么不早说……"

"我就希望你忘了。"

"为什么？"

"明年轮到你古稀，我再补。" 梅文华比她大一岁。

"那怎么行，老规矩，去奎元馆吃面！"

伺候二老的这几年里，梅文华夫妇无论谁过生日，都是一起去奎元馆吃碗面，算是相互祝福。奎元馆是杭州一家百年老店，有"江南面王"之誉，梅文华最喜欢那里的招牌面——片儿川，而花琼瑶则喜欢吃肉丝青菜面。

他俩正说着去奎元馆吃面的事儿，花琼瑶的手机提示音叮咚叮咚响了起来，花琼瑶拿起手机一看，欢快地喊起来："是天佑的微信！"

"快看看，说什么了？"梅文华立刻来了精神，心里也迅速掠过一丝妒意，暗暗骂道，这浑球，发个微信也只发给他妈，难道就不能发给我吗？

花琼瑶打开儿子的微信，把手机凑到梅文华跟前，两人一起看。内容很简单，只有寥寥数语："妈妈，今天是老爸的七十岁生日，祝老爸生日快乐！也祝您健康快乐！最近我们很忙，所以很长时间没与你们联系。馨馨在洛杉矶很好，勿念。"

"就这么几句？"

"话不在多少，意思到了。"

"也是，他们也够忙的，都没时间看手机。"

其实，梅文华心里别提有多高兴了。这时候他忽然明白，自己根本不是在等儿子的祝福，而是在等儿子的一声"老爸"。

"那我们什么时候去奎元馆，中午还是晚上？"花琼瑶问。

"当然是中午啦，回来顺便逛街。"逛街是花琼瑶的爱好，梅文华一直默默地陪伴着。

"那好，反正我一直都是听你的。"

花琼瑶原想今天搞室内大扫除的，但此刻觉得陪梅文华说说话才是最重要的，便简单收拾完餐桌和厨房，就到房间里陪着梅文华。梅文华不慌不忙地从柜子里拿出那套他最喜爱的景泰蓝茶具，清洗了一下，很有仪式感地沏上一壶茶。少顷，各斟一杯，夫妻正欲对饮，梅文华的手机意外地响起了。梅文华顾不上拿老花镜，先拿起手机接听："喂，哪位？"

电话里立刻传来朝思暮想的熟悉声音："爷爷，我是馨馨，祝爷爷七十岁生日快乐！"

"啊，是馨馨啊！爷爷很快乐，很快乐……"

"免提！用免提！"花琼瑶在一旁急得连比带画地示意。梅文华打开免提，将手机放在茶几上。花琼瑶迫不及待地抢着说："馨馨，奶奶想你！"

"奶奶好！祝奶奶健康快乐！"

"馨馨，你在那边好吗？"

"我一切都好，不用挂念。爷爷，奶奶，你们身体都好吧？"

"你怎么想起来今天是爷爷的生日啊？"

"是爸爸告诉我的，嘱咐我一定要提前打电话……"

"提前打电话？"

"洛杉矶时间现在是下午五点，比北京时间要晚十五个小时，明早打就成了迟到的祝福……"

"这时差都记得呀！爸爸还说什么了？"

"要我完成学业就回国，他说每个人早晚都要像爷爷奶奶那样落叶归根的……"

"好孩子，照顾好自己……"花琼瑶有点哽咽了，梅文华眼圈也红了。

搁下电话，花琼瑶忽然改变主意，对梅文华说："我们不去逛街了，去植物园看梅花。"

"但这时候梅花可能都落了。"

"不是还有桃花、梨花、兰花、海棠花吗？有花儿就行。"

是啊，有花儿就行。

这一刻，梅文华觉得自己是世界上最幸福的人，因为他身边一直有一朵自己心仪的花儿。

　　陈红旗，笔名方圆，河北省诗词协会、河北省采风学会、石家庄市作家协会会员，青年作家网签约作家。喜欢阅读和写作散文、随笔、诗歌，作品散见于报刊和网媒中。被授予"2021 年度优秀作家""写作讲师精英""最美文学天使"和"写作之星"等荣誉称号。已出版散文诗歌作品集《时间风景》。

苦　等

保南市新石县机关事业单位新招录的人员中，保南市周军和沧吴市李燕是同时被招聘到劳动人事部门的员工。一同培训的几天里，周军了解到李燕是从沧吴市报考来的保南市，是外地人。而周军作为本地人，在许多方面给予李燕很多帮助，如租房、熟悉环境等。

到了工作单位，两人都步入正常工作状态，在各自的岗位上积极、认真地忙碌着。每逢节假日，李燕便回沧吴市与父母团聚。周军也从县城回到市里的家中改善一下生活。

李燕是个很标致、漂亮的女孩，家中就她一个女儿。父亲母亲本不情愿女儿离开他们，但考虑到招考单位的职位很适合女孩子，又是与公务员同等待遇的事业单位，不妨先解决工作问题，再考虑以后。谁知女儿争气，用心一考就成了。

一想到女儿去到两百多公里外那么远的地方上班，以后婚姻问题怎么办？在当地找，不情愿；回家找，两地分居不方便。作为父母来说，真是旧愁刚了，又添新愁。女儿上班没多久，他们就开始考虑如何让女儿回到身边，可是现在工作调动很难，事业单位进人是逢进必考。所以就与女儿商量，一旦有合适的单位和职位，就考回老家。李燕想想也是，父母就自己一个孩子，退休后年龄大了，需要人照顾，自己还是找机会回去吧。

周军上大学时学的是物流专业，毕业后工作不好找，招考单位大部分不对口，报不上名，好不容易考上了这个单位，父母都很高兴，工作落实了，年龄也不小了，就开始为他寻找合适的姑娘，张罗婚姻大事。周军一米七八

的个头，不胖不瘦，面目清秀，性格很腼腆，并乐于助人，是个很帅的小伙子。家中有一个姐姐，已经结婚生子，在医院上班。父母都已退休，家庭条件属中等偏上。周军也是个孝顺的孩子，在学校期间和毕业后，遵照父母的意愿，没有处过对象，总想工作落实了再说，所以也算耽误了几年，但对于男孩子来说还不算晚。

周军与李燕在单位互相帮扶，工作很顺利，进步都很快。二人在生活上也是互相体贴、互相照顾。在同事们看来，男孩阳光帅气、女孩体贴温柔，觉得他们两人是天生的一对。可是两人却谁都没往婚姻方面想。周军觉得，他俩之间是纯友谊关系，因为太熟悉，觉得提出让人家成为自己的女朋友，那接近人家不是目的不纯嘛！李燕也觉得目前关系处得极好，如要进一步反而会拘谨。但周军家里介绍女生给他，他也只是应付一下了事，不再往下进行，父母像热锅里的蚂蚁，干着急没有办法。李燕也是谁与她谈论找男朋友的事，总是一笑了之，不予理睬。而事情的转机，源于李燕在与一位闺密交谈时，不经意间透露的一个信息。

闺密问："在你心目中，将来的男朋友到底什么样？"

李燕答："我觉得周军这样的男孩子最适合我。"

闺密立刻心领神会，找到周军，把李燕的原话告诉了他，周军也好像大彻大悟的样子，对李燕闺密说："我似乎也觉得，如果我们成为夫妻，一定是和和美美的一对。"

这层窗户纸捅开，二人开始以男女朋友的身份交往，而且正如同事们和他们俩所预料的，相处起来非常和谐、默契，但对双方父母还都守口如瓶。

第二年，李燕家乡一个单位招考公职人员，父母坚持让她报考。她是一个孝顺的孩子，同意了父母的安排，开始备考。周军也支持李燕的想法，不为别的，只要是李燕想做的事，他都支持。至于真的考走了，以后的事再想办法，总不至于为了自己，伤了李燕父母的心吧！

但往往人生就是这样，李燕考试通过，很快便调离了保南市，回到了家乡沧吴市。

李燕离开前，与周军进行了长谈，两人都忍受着极大的痛苦，商量好尽量还是在同一个地方工作，因结婚后异地生活会有很多不便。如实在不行，谁遇到合适的谁就谈，不能一直等下去。

李燕来到新单位之后，一头扎进工作之中。单位虽有很多青年小伙子，条件也不错，但怎么也入不了李燕的眼。父母也努力寻找目标介绍了几个，李燕也是像应付差事一样，不与其深交。她总是拿他们与周军相比较，发现没有一个能比得过周军的，被父母逼急了，便说出了与周军的关系。

父母知道了女儿的心思，退了一步说，让周军想办法调到沧吴市来，哪怕辞职都行，我们也接受，你不能再等下去了，也不能再离开我们。她把父母的想法告诉了周军。

周军自李燕走后，郁闷了好长时间，每时每刻都在想着李燕，整天茶饭不思，人眼看着瘦了下去。在父母的一再追问下，周军如实告诉了他们他与李燕的事。父母觉得人一离开，感情就会淡的，劝说周军还是面对现实。虽说男孩子结婚晚两年不要紧，但到了结婚年龄，总得找对象，人生到了什么阶段就要完成这阶段的任务，不能再这样等下去。父母就开始给他张罗找对象的事，周军这个小伙子本就一表人才，条件优秀，所以介绍的女孩子也个个标致，出类拔萃，但周军总是到关键时刻就打退堂鼓，在他心里没有谁能取代李燕。

一转眼两年就过去了，自打李燕告诉周军让他想办法调入或考入沧吴市后，周军便四处打听，并找熟人帮忙，寻找调动机会，但都无果。这一年的春天，沧吴市一个机关单位发布消息，招考工作人员，周军迅速报了名，开始备考，并与单位说明了情况，单位领导很是惋惜，本想培养他做后备干部呢。对于周军来说，考试并不在话下。笔试他已进入前三名，虽只录取一名，但他也很有信心，开始准备面试。然而当面试日期刚刚确定下来，他所在的省份突发自然灾害，面试被迫推迟进行，这一推就不知要到什么时候。

随着李燕年龄渐长，父母很着急，就一直催促她结婚。李燕又有什么办法呢，想尽快，但周军能否通过面试也是一个未知数。走调动之路吧，又没有门路，而且单位都是逢进必考，愁得她都有白头发了，也想不出好办法。这时母亲又发话了，想结婚，让周军先在沧吴市买房吧，或辞掉那边的工作，一心来这边发展。但周军父母知道后，坚决反对，八字没有一撇就买房，成不了怎么办？辞职更不可能，这边的工作也很好，怎么能说辞就辞了？

周军也是在煎熬中度日如年、苦苦等待，这样的滋味，谁人能承受得了？他又瘦了一圈。

周军的父亲为此急得住了院，母亲急出了满头白发，他们想的是，辞职去女方那边，是万万不可的，那就成了倒插门，要仰仗女方，名声不好听啊。这孩子怎么就这么犟呢？非要在一棵树上吊死，现在年轻人婚恋观比以前开放多了，这样的事情怎么就让我们赶上了？老天爷饶了我们吧，也放过孩子们吧，让他们各自寻找幸福去吧。与他们同龄的男女，孩子都打酱油了，可我们还见不到孙子呢。

爱情是美好的，但现实是残酷的。都说"好事多磨"，这要磨到什么程度？都说"有情人终成眷属"，这终点又在何处？

过了一段时间，终于迎来了好消息，面试终于要开始。周军跃跃欲试，李燕也非常兴奋，他们再一次看到了希望，他们甚至都开始计划婚礼在哪儿举办，房子购买哪种户型等事宜了。但面试结果让他们失望了，这又一次使他们陷入更加痛苦的深渊。

李燕母亲下了最后通牒："闺女，别再抱希望了，我们的条件他们都达不到，只能说你们没有缘分，放弃吧。你都三十啦，不能再等了，原先介绍的老张家儿子还没有找对象，就等着你，明天你们就再见一次面，尽快结婚吧。"

　　周军父母也是极度难过，一方面为儿子落选，一方面为儿子的婚事。儿子这么努力、这么坚持，结果却未能如愿，打击太大了。又从女方那边传来这样的消息，唯恐儿子承受不了而走极端，只能好言相劝，让他事事都要向前看。

　　父母们考虑的角度与儿女们的想法很多时候是不一致的。这一次周军和李燕虽然很难接受现实，但也确实无计可施。放弃喜欢的人、放弃多年的等待，于心不忍；不放手继续等待，希望在哪儿？父母这边又怎么交代？

　　难道我们的心还不够诚吗？我们的情还不够真吗？可又能怎么样呢？谁来帮帮我们？我们可真难呀！

乡村医务室

高中毕业后，按照政策，刘浩作为知识青年来到冀中平原的一个小村庄。其实刘浩对农村生活一点也不陌生，因为他从小就在农村外祖父家生活，对地里的庄稼活和农村习俗都很熟悉。

这里离外祖父家所在的村子并不远，是当年姑奶奶嫁过来的地方，堂伯父在村里当了多年书记，很有威望，伯父家的二儿子玉僧现在还是村支部副书记兼村委会主任。刘浩选择来这个村下乡，也是父母多方考虑后决定的。因为招工、考学都要村里推荐，所以刘浩没有参加组团下乡。

来村后几个月的时间里，刘浩每天与社员们出工干活，不遗余力。社员们刚开始还很好奇，村里来了个知青，一段时间后，感觉也就多了一个干活的小伙子，都很喜欢他。村委会就把他推荐到医务室做了乡村医生。

医务室在村子中央的小学对面，背面靠街，正面向南，有一个大院子，院里有几棵杨树，一刮风，树叶哗哗乱响。这是五间砖房，西边三间是医务室，东边两间是商店，医务室进门左边一间为药房，另两间连着，没有隔开，靠东墙外有一土炕，边上有一个烧煤的炉子，有几个铁皮烟筒通到窗外。

原来村子里有两个乡村医生，但他们之间的矛盾很深，跟仇人一样，这让村民们也很为难。找李医生看病，张医生不高兴；反过来找张医生看病，李医生也不高兴。两人各掌握一点财政权，却都不进药，搞得医务室啥也没有。村里一直想给他们之间插进一个人去，一方面协调他们的关系，另一方面把钱集中起来，大队再出点钱，多进点药，把医务室搞好一点。经过村委会研究，觉得刘浩最合适，他是外人，不会偏向谁。经观察和群众反映，人还靠得住，就决定让他做司药兼会计，让另一个同村的高中生去学校当了老师。

玉僧哥告诉他："我是想让你当老师的，对以后考学有帮助。可大家都想让你去医务室，对你很信任，你还是去吧。"

刘浩说："我也不懂药品呀。"

"学学就会了，让他们两个拉单子，需要什么药，你去区里医药公司进药。回来后，按他们的方子出药收钱，月底账上对得上就行了，对你来说这点小事不算啥。"

刘浩带着村领导们的信任和对这份工作的好奇到了医务室，几天后，征得哥嫂的同意，把被褥也搬了过来，他还买了个铁锅，开始自己做饭。

玉僧哥平常很少在家，伯父伯母也经常去县城老大家小住，家里里里外外都是二嫂操持。二嫂三十多岁，中等偏上的身材，不胖不瘦，长得细皮嫩肉的，白里透红的脸上一双大眼，很有神气，做事也很利索，把家里收拾得井井有条。

刘浩来后，先是在家吃饭，开始她是不太高兴的，因为又多一张嘴，得考虑开支问题。但知道刘浩是带口粮的，每月有三十斤的粮食补贴，态度也就有所好转。

过了一段时间后，二嫂对刘浩的态度有了比较大的转变。她越看越觉得小伙子不错，想把自己姨家的表妹介绍给他。表妹家在附近的一个村子，她也来过这里，与刘浩见过一面，现在在县城的师范学校读书，毕业后是要当老师的，就是比他大一岁。为这，二嫂还托在县城的公婆去找了刘浩的父母。刘浩知道后就明确拒绝了，原因一是自己还小，刚十九岁，不想过早考虑婚姻问题；二是女方大他一岁，按当地的说法不太好；最重要的是以后还不知去向，如果持不明确的态度，让人家等，会误了人家找婆家的。二嫂知道后，又劝了几次，看刘浩态度很坚决，也就放弃了。但自那以后，二嫂看他的眼神总是怪怪的，一直到刘浩被选为乡村医生，搬到医务室住后，不再每天与二嫂相处，刘浩的心里才平静了许多。

下乡以前，母亲身体不好，刘浩在家便时常做饭，现在做一些简单的饭菜已经很熟练了，所以白天不成问题。就是晚上睡觉时，外面树叶的响声好像院中有人走动一样，开始几天吓得他把头蒙到被子里才能睡一会儿，后来，他就找一个叫海山的小伙子来和他做伴，才睡踏实了。

医务室也是人来人往的地方，他除拿药、记账外，还学会了打针、换药等护士的工作，有时还要跟医生去病人家中出诊，很快对村里的情况有了许多了解。

这里还是村广播室，有什么事，扩音器一开，冲着话筒一喊，全村人都能听到。一次村里要放电影，玉僧哥让刘浩通知一下，他还没有对着话筒说过话。玉僧哥给他调好音响并鼓励他试一下，他就对着话筒大声地说："社员同志们，今天晚饭后在小学操场放电影《小二黑结婚》，大家准时来看啊。"高音喇叭就在医务室院子外边的电线杆上，他自己都能听见自己的声音。

之后分别来了好几拨社员问："是咱们村放电影不？怎么听不出是谁呀？"得到确认后才说："声音真好听，像那收音机里的声音。"

后来，干脆就有一些大姑娘、小媳妇到医务室来，管他叫起了"小二黑"，甚至开玩笑说要给他找一个"小芹"，弄得他哭笑不得。

经过近一个月的盘点、进药和整理，医务室面貌有了很大改变。再就是刘浩还通过县城里在医药公司上班的亲戚，让每次进药都能多进些紧俏药品，如青霉素、链霉素等，两个医生也很高兴。因为在村里当医生，谁能多掌握紧俏药品，那是本事，社员们都愿意请你，也就很有面子。两个医生虽然还是互不通气，但关系缓和了许多，大队干部们也终于松了一口气。

这一天，刘浩正在屋里看书，听到门外有一女人问："小二黑在吗？"他也没在意，随口问道："谁呀？"

他一看进来的人是个姑娘，不认识。

"你有什么事吗？"

"医务室不是看病的吗？我来看病呀。"

"我怎么没见过你？"

"你没见过的多着呢，但我可知道你，你的声音是从大喇叭里听到的，你的事是别人说的，今天是来看你的。"

"那你叫什么名字？"

"我叫马玲，你虽然没见过，但肯定听说过。"

一听马玲，他立刻知道是谁了。是与村子里书记相好的那个还没出嫁的姑娘。他这才认真地看了看她，长得的确漂亮，身材也很好，长发过肩，肤色偏白，不像其他姑娘经常下地，晒得皮肤黝黑。两个眼睛看着你，好像会说话。

不知怎么回事，刘浩莫名地有点紧张："看什么病？"

马玲也端详了他一会儿，说："小伙子是不错呀，与村里的男人是不一样，怪不得村里大姑娘们都想嫁给你。人好，声音好，长得也好，看得我也动心了。不过你是看不上我的，我也配不上你。"

"你长得很好看，会嫁个好人家的。"

"一言难尽，先看病吧。我耳朵边长了一个疮，化了脓，只吃药不顶事，医生让我到这儿上点药。"

"好，我来看看。"

他为她清理了一下伤口，她的伤口已经严重化脓，清理完出现了一个深洞，他用药棉蘸上药水，再把药棉放到洞里。他小心翼翼，生怕把她弄疼。他长这么大，除去在学校与女生坐一个课桌外，还没有这么近距离地靠近过一个异性。她身上散发出来的味道，使他的心跳加快，手也在不停地抖动。

马玲说："你的手抖什么？我又没喊痛。"

"你的伤口一定很痛，不知咋的，我看着都难受。"

"你的心还挺软的，真是不知道谁有福气嫁给你。"

他把药棉放好，又在纱布上放了点消炎粉，盖到伤口上，用胶布固定好，告诉她："明天记着来换药，得换几次才行。"他看到她的脸红得厉害。

"好的，谢谢你。听说你自己做饭，我明天给你带点吃的来。"她一边说一边走了出去。

刘浩一边收拾棉签药水，一边还在想，马玲挺好的姑娘，怎么会那样不爱惜自己，去跟大自己许多的男人相好呢？以后怎么嫁人呀？

晚上睡觉时，他问了海山，海山告诉他，还不都是因为她父母胆小怕事，哪敢得罪书记。听说外村有人给她找人家，都被书记给挡回去了，后来就没人敢再提了，可惜一个好姑娘了。不过，他们家倒也真得到了不少好处。听到这里，他作为男人保护弱者、打抱不平的心气好像涌动了一下，但很快又被压了下去。他觉得，他还没有能力做到这一点，而且很可能什么也解决不了，反而适得其反，坏了其他的事。

这一晚，他失眠了。

以后的几天里，马玲按时来换药，每天给他不是带点菜，就是带点小吃、零食，刘浩的心还是跳得很快，她就那样安静地配合着他，换完药就离开。几天后，伤口已经不再化脓，长出了新肉，也就快好了。

一直到一年后他走的前几天，她才又来了一次，这次不是来看病，而是专程来看他的。

她告诉他："真想多病几次，可就是没病。"

他发现她的眼睛一直不敢直视他，表情也很不自在。其实刘浩也一直在想，她为什么就不来了呢？而现在的他却不知能与她再说些什么，草草说了几句，又有人来了，她就离开了。

刘浩走后，听说马玲接替了他的位置，到医务室上班了。

秋　叶

随着咔嗒一声，车锁自动打开。秋叶迎来了今天的第一位雇主。

这位雇主看上去很文静，三十几岁的样子，背着一个洋气的双肩包。她随手取出一张面巾纸，把车座和扶手擦拭了一下，又理了理过肩的长发，这才跨上车座，随后右脚用力，便出发了。

秋叶很高兴，他在想，这位女士要去哪里呢？是去菜市场还是购物中心？

这时，雇主的电话响了，她停下来接听，好像是在问她到了哪里，说完又出发了。

在一路前行中，秋叶看着靠近右侧的路边，一排排的兄弟整齐地排放在一起，耐心地等待着雇主的光临。

但再往里边的便道上，有一些横七竖八地躺卧着的兄弟，看着他们委屈的样子，秋叶很是心酸。

雇主又停下来了，原来真的到购物中心来了。

她很优雅地下了单车，又将他与其他单车放到一起，锁好后才离去。

秋叶真为遇到这样的雇主感到欣慰。

"伙计，今天第几位雇主了？"

刚要休息一下，旁边一位兄弟开始与他搭起讪来。

"第一位，你呢？"

"我还没开张呢。这不购物中心刚开门一会儿。"

"你发现没有，又有许多兄弟躺下了。"

"躺下还是好的，你没看见有被扔到河里的，有被大卸八块扔到地里的，那才叫惨呢。"

"唉，也不知这些雇主怎么想的，这都是为什么呀？"

"我们好自为之吧。有雇主来了，还是两个，我们能一起走吗？"

秋叶这时也看到了，有两个雇主正向他们走来。

"这儿正好两辆车，你开一辆，我开一辆，本想给你开，可一个手机只能开一辆。"

"好啦，我自己开，骑车请客这也太小气了。等有时间了，你得请我吃饭。"

"行，再约。"

秋叶没来得及给那位兄弟打声招呼，又跟雇主出发了。

这位雇主是位男士，大约四十岁。

过了半个多小时才来到一个离市区比较偏远的小区，没有什么人和车，单车不让进院，雇主只好把秋叶放在大门口。

一位女士向他招招手。

"怎么这么慢？"

"你们家太远了，就这我也没耽误呢。"

"远了好呀，熟人还少，保险。"

"好，走吧。"

秋叶看着他们进了院子，只留下自己在这里孤单地等待着下一位雇主的到来。

不知过了多长时间，秋叶正在犯困时，猛一睁眼，看到一个人正向自己走来，身上还背着一个背包。

他心里咯噔了一下，心想，不好，这个人一定有心事，他不会骑单车出去吧！

可是，怕什么来什么，这个人还真就用手机扫开了车锁，用力提起车，狠劲往地上蹾了蹾，骑上车就开始猛蹬起来。

不知走了多久，这位雇主转到了一条土路上。秋叶的心里越来越感到不妙。

雇主终于在前不着村后不着店的地方停了下来，用眼睛狠狠地瞪着秋叶，嘴里嘟囔了几句，顺手从斜挎的背包里拿出一把修车用的扳手。

秋叶的心一下就凉透了，男人先理智地给秋叶上了锁，然后就开始对秋叶进行惨无人道的摧残。

先是用扳手猛砸了几下车身，接着卸了秋叶的车座，扔到一边，又卸了他的前轮和后轮，顺手一滚，滚得不知了去向。男人这才觉得像出了一口恶气一样，嘴里又嘟囔着什么，顺着来时的路，向大道走去。

在他对秋叶实施酷刑时，秋叶在心里呐喊着："朋友，不要这样，我们是朋友啊！"

秋叶知道他什么也听不见，自言自语起来，从你为我打开锁的时候，我就诚心地告诉自己，谢谢你选择了我，我一定竭诚为你服务。可我不明白，你究竟遇到了什么不顺心的事，非要把火撒到我身上？

秋叶环顾四周，绝望地喊着：谁来救救我呀？我是你们的朋友——共享单车呀！

剩 女

就像在菜市场买菜一样，她要由着性子挑遍每个菜摊，一直挑到自己最称心。

"晓青，你看我们单位老马家的儿子，现在从部队复员回来，进政府部门当了科长，人家还一直想着你哪，能不能考虑考虑？"

"得了吧，别让他惦记着了。"她摆摆手。

"怎么就不行了？"

"哎哟，妈！就老马那一米六几的个头，儿子怎么也到不了一米八，还是免了吧。"

"那上次你刘阿姨说的她们单位刚考进来的小伙子，个头一米八五呢，总可以认识一下吧？不是给过你照片、电话了吗？"

"就那个人，我打听了一下，家是农村的，又刚来单位，要啥没啥，结婚了让我喝西北风啊？你快回了人家吧。"

眼看着自己年龄渐大，很快进入剩女行列了，菜市场的菜摊也没剩几个了，晓青才感到着急，也开始托人找一找了。

这不，有一个，看了照片感觉还可以，年龄、个头也基本符合要求，还是大学生呢，本想着试一下，等男方主动约自己，可是等了几天对方都没有动静。正准备电话约的时候，人家来电话了："不好意思，我觉得你的岁数有点大，就算我们无缘吧，再见。"

怎么会这样？她把介绍人给数落了一通，解了解心头之闷。

这次老妈又出手了，从公园爱情角的卡片上发现了一个不错的，抄回来给晓青看，晓青看后立马火了："这什么呀！怎么是个厨师？你知道我最怕油烟味，让我天天陪一个满身油烟味的人一起生活，想什么呢？我宁可不嫁！"

她又加了一句："妈，以后不要再到那种地方去。"

"哎哟，都愁死妈了！"

最近，她好像开始约会了，但很遗憾，男人个头不到一米八。逛完商店已近中午，路过光明渔港，他并没有进去的意思。

"我最爱吃这里的剁椒鱼头了。"她说。

"我家就在前面，我妈准备了午饭。"他说。

晓青感到很委屈。

"我还在读研，现在全靠家里，等我工作了，我再请你吃。"他又说。

她眼泪都快掉下来了，把买的唯一一点零食放到他的手上，转身跑了，再也没有回头。

年龄一天比一天大了，她一天比一天着急，可介绍来的又偏偏一个不如一个……

追 车

刘奇与母亲一起，陪着父亲去看病，却没有什么结果。这一天，三人从北京坐长途汽车回家，到高速服务区，司机让大家下车方便一下。

他让母亲先去，然后从车上搬下轮椅，推着父亲再去，因行动较慢，其他人均已上车，他们才出来。

刘奇看到母亲在车上正向他们招手，父亲没有看到母亲，却盯着刚启动的与他们所乘相似的一辆大巴，一边招手一边呼喊，没等刘奇反应过来，父亲突然从轮椅上跳下来，向刚刚开出十几米远的大巴车猛追过去。刘奇不知发生了什么，急忙追赶父亲；母亲不知发生了什么，也从车上下来追了过来。

刘奇追上父亲后，父亲已气喘吁吁，还大喊着："我还没上车，别走啊！"他一听，明白了，父亲以为开走的是他们乘坐的汽车。

他告诉父亲："咱们的车没开，我妈在车上，不会落下咱们。"

母亲也过来说："你跑什么呀？把我吓了一大跳。"

这时，刘奇盯着父亲看了看，好像才反应过来："爸，你刚才站起来了！你的腿……"

母亲也发现了问题："你不是腿不好使吗？怎么刚才跑起来比兔子还快？"

父亲这才反应过来，不禁倒吸了一口凉气："可不是嘛，怎么回事？"

"他爸，你活动活动，看咋样？"

父亲连忙抬抬腿，好使；又快步走了几步，没事；干脆又跑了一段，一切正常。于是高兴得又哭又笑："我的腿好啦！"

回到车上，乘客们你一言我一语地讨论着："怎么回事呀，坐轮椅出去的，怎么自己走回来啦？"

"是呀，看你跑着追人家那车去了，腿脚挺利索的。"

听着人们的讨论，母亲这才把父亲得的病和治疗过程给乘客们大概讲述了一下。

刘奇的父亲四十岁以前，是个身体强壮的庄稼汉子，可是四十岁这一年，却突然得了一种怪病，双腿麻木，走不动路，一步也挪不了三寸，还得人搀扶。问他怎么回事，他也说不清，一到下雨天，更是胀痛难忍。多个医院看后得出的结论是，风湿。

为给父亲治病，一家子急得够呛，无论是服药、针灸、贴膏药，还是推穴拿脉、拔罐、电疗，都不见效。

爷爷建议，还是到大医院去看看吧。

于是他和母亲一起，陪父亲去天津、保定、北京转了一大圈，钱花了不少，腿却一点不见好。父亲也心灰意冷了，决定回家，不再治了，到哪儿说哪儿话吧。

说到这儿，父亲接过话头说："刚才我以为是咱们的车开走了，吓得我一下子从轮椅上跳下来，也没想什么，就向车追去，哪知道腿也不痛了。有点对不住大家了，让你们等了一会儿。"

"没什么，腿好了就值了，我们也没有白等，等于给你治病了。"

"如果不是这么一下子，你的腿还不知道要治到什么时候。"

这时另一位乘客说："早就听说，人身体上的一些疾病，有些真是器官上的病，需要用药调理；而有些纯粹就是心病，怎么用药也不起作用，而一旦被人点破或受到某种强烈刺激，突然间病就好了，还真的很奇怪。原来我还不太相信，今天我亲眼见到了，看来真有这样的治病疗法。"

又有一位乘客进行了风趣的点评："不打针，不吃药，一追汽车病治好，天下事情太奇妙。"

大家一路说着笑着,车开到了老家。

刘奇先回到家里,爷爷看他没有推父亲,着急地问:"你爸呢?住院啦?叫你回来拿钱的吧?我就说大地方会有办法的,说吧,用了多少钱?"

还没等刘奇回答,父亲孩子气地一蹦一跳地进来了,中气十足地喊了一声"爸",还真把爷爷吓了一跳。

等刘奇三人一五一十地把经过说了一遍后,一家人欢快的笑声响彻了整个村庄。

见面熟

原来单位有一个同事叫赵大明，由于能说会道，特别是会攀亲，见到有权有势的，不是他姨妈或表妹的叔叔，就是他姑父哥哥或外甥的亲戚，所以，大家给他取了个绰号，叫"见面熟"。

这年，"见面熟"二十五岁了，他姨妈给他介绍了一个对象，叫珍珍，也在市里的一个工厂上班。姑娘面容姣好，正是他梦寐以求的美人。

两人见面一谈，很有缘分，不仅相见恨晚，两相情愿，而且很快如胶似漆，难舍难分。

这时，刚好单位要分房，两室一厅的房子哪个不眼红？但由于僧多粥少，职工代表大会决定，优先分给那些已经结了婚的职工。没有领取结婚证的，不能分配。

赵大明与珍珍一商量，既然两人情投意合，那就赶紧去领结婚证，不能错过这次机会呀。

可是一看户口，没想到姑娘还未满二十岁。所以，单位不给开证明。赵大明真急了，再过几个月，房子就没影了。

他知道，如今办什么事，三张证明都不如有一个熟人好办。这不经过暗中打探，他了解到单位办结婚登记证明的工作人员也姓赵，叫赵立民，是从保定市新调来的。"见面熟"有主意了。

这一天，他和珍珍一起到了登记室，一进门就故作惊讶地说："哎哟，赵叔，什么时候调这里工作了？"

赵立民一脸蒙，一时想不起这是哪里的亲戚，有些不好意思地开口问道：

"你是……"

"见面熟"明知道怎么回事，他见赵立民的反应，知道这第一步棋没走错，便继续自己的套路："不记得了？真是贵人多忘事，三年前，我在保定时，咱们经常见面的。"

他这样一说，赵立民也觉得他乡遇故知似的，变得客气起来，只是还想不起他是谁，又问道："三年前，你也在保定？"

赵大明一看有点意思，赶紧说："对，对！你仔细瞧瞧，我也姓赵。"

赵立民想了一会儿，恍然大悟道："哦，你是那个外号叫'赵三手'的？"

"对，对，就是我！"此刻，他甭提心里多高兴了。尽管心里知道对方认错人了，但目的就是要认错才行呀。然后得意地瞧了瞧珍珍，似乎在说，怎么样，很顺利吧？

不料赵立民突然有意无意地问了句："提前释放啦？"

赵大明一听，不由得瞪大了眼睛，怒气冲冲地看着赵立民，差点破口大骂了。

赵立民一看苗头不对，想再核对一下："怎么？你不是因为强奸罪被判八年，在新生煤矿劳改吗？我三年前是那里的看守呀。"

啪的一声，赵大明挨了珍珍一记耳光，眼睁睁地看她夺门而去。

后来，我们也不知为什么，"见面熟"突然调到别的单位上班了。

被丈夫成全的女人

萍,出生在一个知识分子家庭,独生女,我的大学同学,也是我的闺密。

大学毕业后,她嫁给一个"王老五"型帅哥,就没有找工作,当了全职太太,准备打一辈子婚姻工。但经过婚姻的十年之痒,帅哥厌倦了从一而终的生活,开始拈花惹草,最后彻底背叛,留下点钱财,毫不留情地走人了。

有许多遭遇背叛的女人,选择隐忍、抱怨、复仇等方式,她们的目光始终停留在二人世界,即使最终与负心人分道扬镳,依然用仇恨将自己的人生与对方拴牢,她们唯独忘了自己还有另一条路可走。

萍却是在经历暴风雨后迅速地成长起来,她与我讲起自己的故事时,很平静地说了一句:"其实是我的前夫塑造了我。"这句话使我很感动,于是我知道了她的全部故事。

萍与丈夫离婚后,开始时整日抱怨,她自认为已经做得很完美了,相夫教子、孝顺老人,哪一点不如别人?为什么这样对我?我的命为什么这么苦?但回想起来又后悔,年纪轻轻的没有自己的事业,没有多少朋友,就这样生活到老,浪费了自己的时间不说,人生还没有一点价值。

偶然的一个机会,她从一本杂志上看到一篇文章中有这样一句话:"曾经被我们视作无比神秘的成长,原来就是给自己找点事做,而人与人之间最终的区别,也只在于你是否有勇气给自己找事做。"是呀,我现在与别人的区别就是没事做,做事,我怕谁?

于是,她又重新温习了大学时期的财会课程,开始求职,经过投简历、等消息一系列反反复复的程序后,有一天她终于收到了聘书,到一家公司做了一名财务小职员。

因为没有工作经验和职场经验，实际工作中与在书本上学到的也有相当大的差距，而且人际关系也是很难过的一道坎，所以她每天工作虽然不太累，但总觉得不是那么舒心。业务知识可以学，没有什么难处，最难的是职场关系，比如：与业务对口部门的关系、职员之间的关系、与主管领导的关系，甚至有时还会直接面对公司的领导。虽然她总是小心谨慎，但一天下来还是使人心力交瘁。更何况财务部门中女同事较多，天生就多了一份敏感，尤其是在业务上优于其他人时，还会遭到嫉妒，而超越主管时，更是会受到有意无意的打压。

面对如此复杂的职场关系，萍只想置身其外，她努力保持着自己的做人原则：我不觉得我有多聪明，但我足够勤奋，不论别人怎么样，我坚持做好业务、真诚待人、不参与议论、不染指是非、不指责上级、不抱怨工作。因为她知道，办法只有两个：一是逃离，逃离回家，永远不再做事情；二是抗争，采取妥协式抗争，任尔怎样，我以不变应万变。既然逃无可逃，那就死磕到底，总有一条路能带我走向最想去的地方。

过去，她一直生活在象牙塔里，对钱财从不过问，对生活从不担忧，到了自谋生路的时候，才清楚成年人的字典里没有"容易"两个字。在平凡的日子里讨生活的人，谁没有偷偷抹过眼泪？但只有在品尝人生百味、丰富人生阅历后，才能追求到精神上的充实和真正的精神愉悦。因为生活从来不相信眼泪，社会也从不同情弱者。唯有顶住四面八方的压力，保持淡定、坦然的生活姿态，才会真正拥有精彩的人生。所以，无论做什么，记得遵循本心，那就毫无怨言，必须熬过孤独，才能活成自己喜欢的样子。

在此信念的支撑下，萍依靠着自己的智慧，在本职岗位上做得风生水起，没有一笔业务出现过差错，没有一个客户进行过投诉。良好的个人品行，还为公司提升形象和创造业绩做出了贡献，很快便被提升为业务主管，近期又被提拔为财务部门经理。她给公司领导的印象是：业务精湛，品学兼优；她给职员们的印象是：待人诚恳，任劳任怨。

萍终于摆脱了离婚后的烦恼，成为一名女强人，但她所付出的努力，她所承受的痛苦，也比常人所经历的要多、要重。首先，她必须迈出走进社会的第一步，克服社交恐惧心理，勇敢面对陌生的环境、陌生的人际关系；接下来要学习业务技能，适应起早贪黑的工作节奏，经得起批评责怪，忍得住说三道四；然后要高效干好事情，知道什么事该干、什么事自己干、什么事合作干，还要有胆有识，创造和睦的人际关系，在单位中获得他人无法替代的作用和地位。

真正的坚强，是属于那些夜晚在被窝里哭泣，而白天却若无其事的人的。萍告诉我，如果她未曾在深夜痛哭过，那也没有现在谈笑风生的她。过去只看到别人的风光，并不知道别人是怎样努力付出的，也不知道他们在职场上是如何拼搏的，包括我的丈夫，虽然他在感情上背叛了我，但他在职场上还算得上是个成功人士。但别人再风光，你也指望不上。没人扶你的时候，就要自己站直；没人帮你的时候，就要自己努力。

萍似乎天生具备一种独特的韧性，在荆棘遍地的大环境里，既不呼天唤地，也不故步自封，只是积极适应着残酷的法则，然后在孤独又狭窄的夹缝里倔强地成长着。她不把日子看得一天比一天更绝望，而是一天比一天更有希望；她不把一次次任务看作一个个困难，而是一次次经验的积累。她总是保持着对工作和生活最初的热情，从不懈怠。所以，她的脸上永远带着笑容，她的心里永远有阳光，她的事业一直是向上发展的。

人生总有大起大落，与其纠结于过去，不如奋斗于未来。在奋斗的过程中，要懂得一个道理：只有自己变优秀了，其他的事情才会跟着好起来，你的原则和底线要想得到别人的尊重，那么你得有足够的实力。相信自己，从头来过，什么时候都不晚，只要人不抛弃生活，生活从不会抛弃人。说到这里，萍说，我真得感谢我的丈夫，真的是他成全了我。不是他的无情，我还走不出那个象牙塔；不是他的抛弃，我还不会去工作，不知道社会大环境的变化；不是他的逼迫，我还不知道生活的艰难和成熟的可贵。

这就是萍的故事，她无疑是一个成功的人，而她的成功，不在于成就的大小，而在于她努力地去实现自我，喊出自己的声音，走出属于自己的道路。人生没有如果，只有后果和结果，每一种选择都有不同的结局，就如同走不同的路就会遇见不同的风景。萍就是在人生出现低谷时，做出了艰难的选择。然后，不管遇见了什么、多难熬，都努力去跨越、去改变。那段义无反顾的历程，那段有滋有味的人生，让她懂得了，没有人天生就能让自己的人生一帆风顺。所谓命运，其实就是通过各种折腾，不断发现自我、修炼自我。在通往梦想的路上，不在于最终实现它时的光芒，而是它赋予我们克服困难的力量。

愿仍在为美好未来努力奋斗的人们，做独一无二的自己，真诚做人，努力做事，你想要的，时间都会给你。这世界不会辜负每一份努力和坚持，时光也不会怠慢执着而勇敢的每一个人。

　　白云强，南京江宁人，曾在部队服役十余年。文学创作爱好者，青年作家网签约作家。2017年开始文学创作。有短篇小说和散文随笔散见于中国作家网、青年作家网等文学平台，以及《辽河》《连云港文学》等报刊。部分作品入选《呦呦鹿鸣》文学作品集。已出版有个人作品集《执笔》。

进　化

　　施吾在笔记本上打开一个新的文档，他的手在键盘上停了几秒钟，然后开始打字。屏幕上跳出几个字：人是猴子变来的。

　　人是猴子变来的吗？

　　施吾瞅着屏幕上的字，笑了。他笑得很诡异，嘴角微微上扬。他的眼神是藐视的，他的表情是鄙视的。

　　施吾想起小时候常常问大人的问题："我是从哪里来的？"大人们回答："你是从垃圾堆里捡来的。"

　　垃圾堆捡出人来，可笑！但他记得自己真的去翻过垃圾堆，看看还有没有其他人也在里面躲着。现在想起来，真是可笑！

　　人没看到，但他看到了一只蝴蝶。

　　这是一只非常漂亮的蝴蝶，有一对五彩斑斓的翅膀，就像两块鲜艳的调色板。它落在垃圾桶的边缘，一动不动，像是一尊彩色的雕塑，属于超写实风格的艺术品。

　　施吾很纳闷，蝴蝶都是奔着花去的，这只蝴蝶怎么找到垃圾桶了呢？

　　施吾想起这事的时候已经十岁了，他不再相信大人说的"垃圾堆捡人"的话。

　　人是猴子变来的。施吾第一次听到这个说法时，他笑了，笑得很开心。他对大人说："我做过一个梦，梦里碰到了一只蝴蝶，一只特别漂亮的蝴蝶，有一对五彩斑斓的翅膀。蝴蝶对我说，我是猴子变来的。"

　　施吾记得大人们当时笑了笑，点了点头。

　　人是猴子变来的，这是通俗的说法，有点自我嘲讽的意思。

那天，施吾的孩子问他："我是从哪里来的？"施吾一时愣住了，垃圾堆里捡来的？猴子变来的？他想了想，回答："你是爸爸妈妈生的。"

孩子问："不是猴子变来的吗？"

施吾听后，瞬间呆了。

电脑屏幕自动切换成了屏保画面—— 一只蝴蝶，有着一对五彩斑斓的翅膀，光彩夺目，仿佛精灵一般。

这是施吾专门设置的屏保。他说蝴蝶是他的幸运神，他需要蝴蝶来帮助他回答"人是不是猴子变来的"这个大问题。

施吾敲了一下键盘，蝴蝶飞走了，屏幕上出现了几个字——人是猴子变来的。他笑了笑，在键盘上快速地敲着，屏幕上蹦出一连串字，像猴子跳舞似的：蝴蝶落在垃圾桶上，它有一对五彩斑斓的翅膀。

施吾的孩子跑过来对他说："人不是猴子变来的，人是鱼变来的。"

施吾听完，笑了笑，点了点头，说："是的，是的，人是鱼变来的。"

孩子问："那鱼是从哪里来的？"

他又愣住了，不知道该怎么回答，难道是从垃圾堆捡来的？

那蝴蝶呢？蝴蝶是从哪里来的？

是垃圾堆！小时候他在垃圾堆里看到过蝴蝶，而且是有着一对五彩斑斓翅膀的蝴蝶。

施吾想起来了，他在垃圾堆看到蝴蝶的半个月后，电视新闻里报道了一次洪水，好多鱼跑掉了。

施吾想，蝴蝶的翅膀还是很厉害的。他深吸了一口气，似有感悟地敲着键盘，屏幕上出现了几行字：

人是人，猴子是猴子，蝴蝶是蝴蝶。

人把猴子关进了动物园，又把蝴蝶做成了标本。

所以，人是最厉害的。但如果说人是猴子变来的，那蝴蝶一定不会答应。

施吾想起了一个典故，叫"庄周梦蝶"。相传庄周有一天做了个梦，梦见自己变成了一只蝴蝶，在花丛中飞来飞去，很是惬意。后来他醒了，却发现搞不清楚自己到底是庄周还是蝴蝶了。

施吾也彻底郁闷了。

左肩右肩

巷口的拐角有一个修鞋铺，修鞋的师傅姓韩。

韩师傅的铺子就是紧挨着围墙搭了个铁皮棚子，两三个平方，里面搁着修鞋的工具，还有些瓶瓶罐罐和旧书报纸堆在角落里。

韩师傅在巷口修鞋有好些年头了。

隔壁杂货店的老李清楚地记得，二十年前的一个傍晚，天很热，他坐在店门口乘凉，见一个又矮又瘦的年轻人一瘸一拐地走到他跟前，弯着腰，怯生生地问："大哥，我可以在这里歇歇脚吗？"

韩师傅没有成家。

修鞋铺对面卖早点的陈大婶说，二十年前，韩师傅在拐角的地方支了个修鞋摊，给左邻右舍修鞋、修拉链。他人老实，手艺又好，时间长了，有热心的人给他介绍对象，他脸涨得通红，结结巴巴地说："不，不费……费心了……"

这一拖就是二十年。

老李说韩师傅吃了很多苦，这几年身子更瘦了，腰更弯了。陈大婶也说，这些年不是没有姑娘看上他，但是他不同意，说不想让人家跟着自己吃苦。

老李和陈大婶，还有认识韩师傅的人都知道，韩师傅虽然没有成家，但他有个女儿。

二十年前，老李的杂货店门口。

年轻人说："师傅，能问你个事吗？"

老李瞅了瞅年轻人，国字脸，皱着眉头，看上去很郁闷的样子。

"你说。"老李说。

"向你打听个人，韩秀丽。"年轻人问。

"韩秀丽，韩……秀丽……"老李嘀咕着，脑子里跳过几个人，没对上号。他瞅着年轻人，似乎想从他的相貌上找到韩秀丽的模样。

"她，她以前叫，叫韩桂花……"年轻人跟了一句。

"哦，哦，是不是叫韩英啊？"老李说，"是不是二十岁左右，个子不高，长得还行……"

"是，是的。"对方点了点头，问，"那她家怎么走？"

老李上下打量着他，好奇地问："你是她的？"

"我是……我是她的哥哥，我叫韩胜利。"

韩胜利顺着老李指的方向拐进了不远处的巷子里。巷子里黑黑的，只有两三户人家亮着灯，昏暗的光线从窗口漏出来，投在墙上。他走过去，瘦弱的身子被圈进了灯光里，像一幅剪纸，刻在了夜色中。

巷子里，不知谁家的电视正在放着《酒干倘卖无》：

是你给我一个家

让我与你共同拥有它

……

酒干倘卖无

酒干倘卖无

韩胜利的耳边传来了几声孩子的哭啼，乍一听是从电视里放出来的，再听又好像不是。

哭声似乎是从前面的墙根下传来的。

　　韩胜利不禁打了个冷战，眼前跳过一个清晰的电视画面——街头拐角的修鞋铺，修鞋师傅埋头修着鞋子，他的身边坐着一个七八岁的小女孩，趴在小椅子上认真地写着作业。女孩穿着一身朴素又干净的衣服，头上扎着两根小辫子。她不时抬起小脑袋瓜，望着正在干活的爸爸，清澈明亮的眼睛里闪动着独属小女孩的乖巧。

　　韩胜利循着哭声走了几步，看见墙角的水泥花坛边搁着一个纸箱子，哭声就是从箱子里传出来的。

　　韩胜利接到四五年都没有音讯的妹妹的电话，说要见他。

　　他有点意外——那年妹妹突然离家出走，只留下一封信，说是要去找她的亲生父母。

　　亲生父母？妹妹不是自己的亲妹妹？

　　韩胜利傻了，一脸惊愕地望着父母，许久才听到母亲哭着说了一句："你妹妹是我们捡来的……"

　　韩桂花离开家后也不知道该去哪里，她在城里晃了几天，然后跟着一个认识没几天的男人上了南下的火车。后来她改名韩秀丽，也叫韩英，并回到了小城，但没有回养父母家。

　　韩胜利抱起箱子里的婴儿，朝四周看了看，巷子里空荡荡的，看不到人。他低头瞅着怀里的婴儿，天黑，虽看不清楚婴儿的模样，但他有一种很奇妙的感觉——这孩子跟自己有关系。

　　韩胜利抱着婴儿找到妹妹住的地方，门开着，屋里没人，他看到桌子上有张纸条。

　　"哥，我走了。原本想着见一面，和你说说这几年的事，但最后还是决定不见了，我想这样或许更好……"

韩胜利带着孩子离开了妹妹家。

第二天他抱着婴儿回来了，挨家挨户地打听，没人知道婴儿的事。

第三天他又来了，走街串巷地问，杂货店的李大哥、早点铺的陈大姐都说不知道。

第四天，他抱着这个被他称作朵朵的婴儿，又来了。他碰到了妹妹的邻居，邻居说韩英是几天前的晚上回来的，当时她的怀里抱着什么，看上去急匆匆的样子。

一周后，韩胜利拎着一个帆布包，抱着韩朵朵，住进了韩英的屋子。半年后他在巷口的拐角支了一个修鞋的摊子，天天早出晚归，背上背着孩子，手里忙着修鞋。

时间过得很快。杂货店的李大哥和早点铺的陈大姐每天都能看到韩胜利和他的女儿，从抱着到背着，从肩上扛着到牵手走着，韩朵朵一天天地长大了，韩胜利也慢慢老了。

韩胜利的修鞋铺有好长一段时间没开门了，周围邻居都不知道他去了哪里。有人说他跟着女儿去了外地，也有人说他带着女儿去找她的亲生父母了。大家提到韩师傅，都是连连赞扬，但话里话外还是带着些许叹息。

韩朵朵是韩英的女儿，韩胜利是韩朵朵的舅舅，但不是亲舅舅。

后记：此篇题为《左肩右肩》，是有感于网络上一对养父女相依为命，父爱如山的感人故事而作。

曾经你将我扛在左肩，陪我长大；今天我将你扛在右肩，陪你变老。

笔洗换房

曲波站在街头，眼睛盯着路口的那块 LED 大屏。大屏上正播放着广告。

"稀世臻藏，仅存十席""匠心营造，只为独有""历时千日，终成经典"……

他数了数，十个广告里有九个是卖房子的，还有一个在推销家具，也没逃得了和房子有关。

这个社会是怎么了？除了房子就没有别的可卖了吗？曲波寻思着。路口的大屏好像听到了他的心声，真换了个广告——"房子是用来住的"。

他差点被气晕过去。

十几年前，曲波为了娶媳妇，买了第一套房。为了买房，他掏空了父母大半辈子的积蓄，加上自己辛辛苦苦攒的钱，凑了个首付。然后就是一屁股的债，漫长的三十年，就像是一座用一百元的纸钞堆起来的大山，压得他根本喘不过气来。看着每个月本就不多的工资放在银行卡里还没焐热，就直接换了个富有的东家，曲波的内心五味杂陈，但他又有什么办法呢？

好在这一切换来了一个实实在在的家。在那个只有五十多平的房子里，他完成了人生最大的喜事——洞房花烛夜，迎来了一生中最大的乐事——有了个儿子。

那时他经常从梦里笑醒，但他很快就发现，他的笑比哭还难看。

以后的房价就是白菜价，这是专家说的。曲波听到后笑了——菜市场的白菜在过去的几十年里从两分钱涨到了两三块钱，但老百姓天天能吃到，时不时地还能包上一顿白菜猪肉馅的饺子。

房价呢？曲波真哭了。

妻子盯着电视里家长里短的肥皂剧，起了个话头："孩子马上大学毕业了，工作也差不多了，后面的事你要想想了……"

"想什么？"曲波捧着一本《资治通鉴》随意翻着。

"想什么？"妻子显然没好气，"等儿子结婚时，才想起来没个地方住！"

"你说的是房子？"曲波反应过来了。

"不是房子是什么？"妻子提高嗓门喊道。

"钱从哪里来？"曲波问。

"你不是有那什么宝贝嘛！"妻子暗示着。

"啊！"曲波语塞了。

曲波有一个宝贝——一方龙泉青瓷莲花笔洗。

笔洗，洗笔的器皿，书房文案物件。笔墨纸砚为文房四宝，渐有湖笔、徽墨、端砚、宣纸之名。但笔洗未列其间，不知由来。看似卑微，然而数千年来，在书香门第、文人骚客中，笔洗也是怡情养性的挚爱之物，多为瓷玉质地，造型别致、情趣盎然，更有传世稀品、藏之臻品。

曲波收藏的笔洗一寸见方，莲花身形，外贴莲花细茎，茎长出叶，叶开莲花，花首有蓬，施青釉。注半杯清水，明澈见底，如雨后水露，惟妙惟肖，尽展龙泉青瓷"青如玉、明如镜、声如磬"的雅韵。

笔洗是有故事的。相传民国时，北平城有一旧朝翰林，新娶了一房姨太太。一天，这位姨太太私自将老翰林珍藏的一方宋代钧瓷笔洗拿去换了一只她心仪的翠镯。老翰林知道后火冒三丈，高喊"钧窑一具千重厦，别说一镯，百镯不及"，不久便命归西天。后传这方笔洗以两万块银圆卖给了美国古董商。这笔钱在当时的京郊能买到上千亩良田。更有说法，在当时的北平，一个普通的四合院占地半亩，时价千块银圆左右，想来一方笔洗能置多少间房呀!

曲波的妻子准备用笔洗换房子了。

曲波的这方笔洗也是有故事的。

曲波是县文化馆的干部,那年为了给县里的"文化搭台、经济唱戏"政策服务,他跑遍苏浙皖赣,在山区的千年古村里访到一位百岁瓷匠。不知是天缘地分,还是前债今还,一番深谈之后,老瓷匠拿出一方笔洗直接送给了他。

曲波见状连连摆手:"老人家,这可使不得,使不得!"他一个劲儿地鞠躬,婉言谢绝。

"众里寻他千百度,蓦然回首,那人却在,灯火阑珊处……"老瓷匠喃喃自语,历经岁月沧桑的脸上露出释然的神情。

"一笔一洗历经岁月曲折,一瓦一砖蕴含人生哲理。"

夜深了,曲波坐在书房里,桌子上放着那方龙泉青瓷笔洗。笔洗的旁边,是一本精美的楼盘宣传册。

曲波陷入了深思。

山的那边是海

"妈——妈——"方岩大喊着从坡下跑上来，站在院子门口，一只手撑在土墙上，一只手叉着腰，上气不接下气地喘着。

"娃，考上啦？"陈和英掀开帘子走出窑洞，用腰间的围裙擦了擦手，瞅着儿子急急地问道。

"妈，妈——"方岩使劲地晃着红色的录取通知书，兴奋地叫道，"我……我考上啦！"

"考上啦，考上啦！"陈和英低声重复着，瘦弱的身子向后踉跄了两步，泪水从眼睛里流了出来。

"妈，妈，你怎么啦？"方岩冲到母亲面前，扶着她的身子，担心地问道。

"我，我没事。妈是高兴。"陈和英扯起袖子擦了擦眼睛，心疼地望着儿子，"晚上妈给你做油泼面吃！"

"多放点油辣子！"方岩踮着脚，开心地说道，"我去找顾老师，叫他一起来吃。"

"好好好！赶紧去，赶紧去！"陈和英连连催促道。

三十年后。

方岩站在院子里，静静地望着眼前已经荒了的土窑洞，眼角挂着泪水。在晶莹的泪珠里，他看到母亲从窑洞里走出来，脸上带着他永远不会忘记的微笑，她的手里端着一大碗油泼面，嘴里念叨着："快来吃，饿坏了吧？

快吃！"

"方总，这就是您的老家？"秘书望着破败不堪的院子，疑惑地问道。

"对，我在这里出生和长大……"方岩还沉浸在对往事的回忆中。

"您在集团新一届建设大会上提到的'山的那边是海'，其中的山指的就是这里吧？"秘书问道。

"对，就是我脚下踩的这片土地……"方岩蹲下身子，用手在地上抹了一层黄土，两只手相互搓了搓，心头涌上触及灵魂的感动——那是母亲最后留给他的话——做事要像一座大山，坚韧不拔；做人要像一片大海，心胸宽阔。

那天晚上，一轮明月挂在天上，照亮了坡下的山沟沟。满天的星星在闪烁，仿佛母亲翘首以盼的目光，跨越沟壑，一直延伸到大海。在那里，他始终坚守着对母亲的承诺——做人做事就是翻山越岭、跋山涉水。

母亲还说过，她一直有个心愿，那就是在山沟沟里能有一条通往大海的路。她说，这也是一条通往外面世界的路。

"方总，方总……"

秘书把他从回忆中拉了回来，他转身走到院角，顺着塌掉半边的土墙豁口望去，眼前的一幕让他从沉思中振奋起来。

在坡下几公里远的地方，十几座桥墩直直地矗立在山沟里，一条弯曲的石子路沿着桥墩向后延伸到沟壑的尽头。路上，火柴盒大小的工程车来来回回，一幅热火朝天的忙碌景象。

在沟边临时搭建的工地上，两层的简易房整齐地围成一个不大的院子。院子中间砌了个水泥台，台子上竖着一根旗杆。旗杆上，鲜艳的五星红旗在空中迎风飘扬，就像山丹丹花，在阳光下闪耀着生命的力量。

"方总，集团纪委的人已经到了，我们下去吧！"秘书轻声提醒。方岩没有说话，沿着土墙走了一圈，出了院子。

　　方岩没有想到，这两年集团高度重视党风廉政建设，将其作为集团拓展西部基础设施投资，参与国家"一带一路"倡议发展的重要部署，取得了相当不错的成绩。但他上周看到集团纪委的报告，有人举报高速公路工程建设项目中存在贪污腐败问题，出问题的地方正是他最关注的标段——老家坡下的项目工地。

　　这个项目的负责人是方岩这几年最看重的年轻人刘明知。他是方岩在集团年轻干部政治理论学习培训班上发现的，是一个充满激情、充满力量，有目标、有想法的年轻人，和当年的自己很像。

　　"方总！"集团纪委书记唐泽军在工地项目部门口迎上了方岩，边招呼边伸手向路边走去——这是有要事要单独汇报。

　　方岩转身向坡边走去，唐泽军紧紧跟着，两个人走了几步停了下来。

　　"方总，"唐泽军说道，"关于刘明知被举报的事，经过调查，目前没有证据证明他涉嫌贪污腐败。"

　　"那就好。"方岩平静地说道，心里却长长地舒了口气。

　　"同时我们发现……"唐泽军停了一下。

　　"发现什么？"方岩一边欣赏着坡边几簇随风摇曳的山丹丹花，一边轻声问道。

　　"我们发现刘明知工作之余经常到附近的小学给孩子们上课。"唐泽军说道。

　　"哦，是吗？"方岩惊喜地问道。

　　"是的，我们从学校那边得到了证实，他还帮助学校建了个图书室。"唐泽军的语气里满含赞许。

　　方岩想起了三十年前他上学时，老家附近修铁路。顾老师，也是修路队上的工程师，经常来给他们上课。他考上大学那天，是顾老师的一席话，让他萌生了当一名工程师的理想。后来他在全国各地修路架桥时也会抽出时间到工地周边的学校支教。现在他有了接班人，很开心，很欣慰，也很满足。

"我看可以给年轻人树个典型。"方岩望着不远处的桥墩，语气坚定地说道，"一个典型就是一座桥墩，有了桥墩就有了路；有了路，不论是大山深处，还是大海，我们就一定能够到达我们的目的地！"

无梦既去

梦里的是前世，也可能是来生。

无梦既去，去即是死亡。

——题记

天刚刚黑下来，杨叙就急急忙忙地躺到了床上。他闭上眼睛，试着让自己静下来，好赶紧入睡。

他要做梦。

"你在梦里等我。"徐静踮起脚，把头靠在杨叙的肩上，在他耳边羞羞答答地说道。一股微微的热气在杨叙的脖间散开，带着一抹好闻的香味，就像是一株正在绽放的梅花。

穆立站在路边，望着灯火阑珊、车水马龙、一片繁华的街头、但心情却糟糕透顶。

他的女朋友跑了，没和他打招呼，连一句话都没留下。

还山盟海誓呢！还"乃敢与君绝"呢！都是扯淡！穆立在心里骂着，搞不清是在骂别人，还是在骂自己。

一道刺眼的光朝穆立直直地刺过来，紧接着是咚的一声，他的眼睛里瞬间炸开了无数个火星子，像满天的流星雨。

谭进四处张望着，眼前一片漆黑，什么都看不见。只有天上的星星闪着光，月色朦胧。

远处隐约传来马的嘶叫声，很快又听到马蹄子踩在地上的踢踏声，由远到近，冲进了谭进的耳朵里。

他循着声音望过去，不远处出现了几团火光，上下摇晃着。火光下，是几个骑着马的模糊身影。

这是在哪里啊？怎么还有马？谭进睁大了眼睛，死死地盯着移动的火光。

是火把！

谭进向前走了两步，想看得更清楚点，耳边却传来了啪啪的声音。

是枪声！

身边的灯灭了，明泽林的眼前出现了一个光点。还没等他反应过来，光点开始慢慢地散开，就像水面上的一圈涟漪。然后就是深浅不一的光影，不停地闪烁、聚集，最后变成了立体的全息影像，同时一个浑厚的声音响起："这里是中国的西南部，重峦叠嶂，江河蜿蜒，风光无限美丽。"

画面转到了一处山脚下。

话外音继续说道："我们现在看到的就是行走了千百年的茶马古道……"

一支马队缓慢地走在崎岖的山道上。打头的是两个中年汉子，一身马帮的行头，黝黑发亮的脸上刻满了风餐露宿的艰辛。眉心处的一道道皱纹，是经年累月的奔波留下来的痕迹。

马蹄声嘚嘚嗒嗒，马铃声清脆悠长。

"楚兄弟，"走在前面的中年汉子说，"今天晚上我们就窝在界沟子。"

"听乔兄弟的。"姓楚的汉子爽快地应道，然后回头朝身后的马队瞅了一眼，目光里露出一丝焦虑，他叫楚天行。

"楚兄弟是不是在担心路程？"走在前面的中年汉子问道，他叫乔巴子。

"是的，"楚天行的声音有点嘶哑，"前面耽误了两日，后面要紧着赶了。"

"这也是没法子的事，谁能料到那么诡异的事会发生在我们马帮的身上？"乔巴子说道。

"乔兄弟，你有没有想过……"楚天行似有顾虑，"那天的事，我总觉得在哪里见过……"

"见过？这怎么可能？"乔巴子惊道。

"我也不知道……"楚天行自言自语道，目光深沉，仿佛穿越时空，跨越千年。

谭进躲在一块大的山石后，警惕地望着枪声响起的方向。等马蹄声缓下来，他的耳边传来了有人说话的声音。

"谭达，我们分开走，明天上午在界沟子碰头。"

"不行，营长！你受伤了，一个人怎么走？"谭达着急地说。

"这，这是命令！"营长喘着粗气，重重地说道。

"营长，你……"谭达喊了一声，没再说下去。

谭达，是谭达！谭进怎么也没想到会在山里遇到哥哥。

三年前谭达突然离开了家，他留下一封信，说是要去跑马帮。

谭进和谭达的父母早亡，兄弟俩相依为命，东家一口西家一口，总算没被饿死。稍大一点，谭达就常常跑到山里的窝子，和马帮的人混熟了，帮他们打杂，学他们说话，听他们讲山外的事。

谭进听哥哥说过，外面早就没了皇帝。

楚天行和乔巴子商量着晚上的过夜问题。路上遇到泥石流，砸伤了两个同伴，两匹马也跌下了悬崖。一番休整后，时辰已晚，赶不到前面的住宿点，他们只能就地过夜。

夜里，山里起了风。楚天行和乔巴子是马帮的首领，安顿好大家，两个人爬到一处高台上，守着马队。

一道闪电划过夜空，似剑走偏锋，直直地插进了离楚天行他们不远的山谷里。没过多久，便有轰隆隆的雷声传来，在乔巴子的耳边炸开。他站起来想躲一躲，却被楚天行拽住了。

"乔兄弟，你看！"楚天行惊叫道。

"怎么了？"乔巴子问道，眼睛扫到山谷那边，顿时呆住了。

山谷里升起了一团团薄雾，仿佛云海一般。崖壁前出现了一幅若隐若现的画面。画面中，一条山路在林间盘旋而下，一支长长的队伍行进在路上，队伍里走着几匹马，马背上驮着货物，其他人背着长矛，走在马的中间。

"那是哪里来的马帮？"乔巴子问。

"什么马帮！那里是悬崖！"楚天行下意识地说道。

"可，可是，"乔巴子结结巴巴地说，"你，你看，真的是马帮啊！"

楚天行也蒙了。他看到的也是马帮，但他们穿着和自己不一样的衣裳，头上戴着不一样的头巾，连身上背着的长矛也和自己的不一样。再看马背上，有的驮着绿色的木箱子，有的驮着古里古怪的东西——一根长长的管子，管子下面有四条腿。

"可，可，"楚天行吞吞吐吐地说，"那里是，是悬崖！难道他们会飞？"

"对对对，他，他们是神仙！"乔巴子兴奋道。

他们究竟是从哪里来的？楚天行问自己。

"哥，哥……"谭进站起来，大声地喊着，边喊边跑。

一阵啪啪的声音，还没等他反应过来，就感觉胸口好像被什么东西打到了，紧跟着两腿一软，一头栽倒在地，晕了过去。

全息影像前。

杨敏问："徐歌，这次走茶马古道又有什么新的收获啊？"

"我们找到了一个古遗址，"徐歌答道，"发现了一张图。"

"什么图？"杨敏显然来了兴趣。

"我这里有影像资料。"徐歌说完，切换了画面。

崇山峻岭，茂林修竹。

一条山间小道拐过潺潺流淌的小溪，进入了一片翠绿的竹林中。穿过竹林，在错落有致的山石前出现了一方篱笆小院，院子里有三间木屋，屋前放着石桌石椅。

程南出了屋子，走到石桌前，先是朝四周望了望，然后坐下来，把手上拿着的一卷竹简展开……

嘀嘀嘀……嘀嘀嘀……

杨叙被床边的铃声惊醒，他揉了揉疲倦的眼睛，慢慢地睁开。

他的眼前有一张脸，一张女人的脸。

他本能地抖了一下，两只手紧紧地抓住被子，惊恐地望着对方。

"你醒啦！"对方笑道，目光温柔。

"你，你是，是谁？"杨叙结结巴巴地问道。

对方是个年轻漂亮的女人，精致的五官配上淡淡的妆容，整个人显得十分端庄。

"我是庄妍，这里的负责人。"

"这里？这里是哪里？"

"这里是梦科学研究所。"庄妍答道。

"梦科学研究所？"杨叙不明所以。

"就是研究做梦的地方。"庄妍解释道。

"那，那你们能解梦吗？"杨叙好奇地问。

"差不多吧……"庄妍说道。

杨叙发现她笑起来特别好看。

程南的目光停在竹简的开篇处，上面用一行小篆写道：梦，心生；无梦，既去。

那我昨晚梦见的又是什么呢？程南琢磨着，想把自己扔进梦里。

他依稀记得，自己站在一个十分宽敞的大房子里，周围一片白：墙是白的，顶是白的，地是白的，他也是白色的。

他看见房子的中间摆着一个像鼎一样的东西，鼎的上方闪着一团五彩的光，光在跳跃，交错间组成了一幅活灵活现的画。

画面中是一支马队行进在山脚下。

这是哪里？程南想。

他正想着，眼前又换了一个画面——一个年轻的男子躺在床上，闭着眼睛，一动不动。

阳光璞玉

阳光不是光，阳光是一个帅气的小伙子。

阳光出生的地方盛产玉石，他家祖祖辈辈都是做玉石的。

阳光听父亲说，祖上做玉石发过大财，也破过产；有过光宗耀祖的事，也差点被株连九族，断了香火。

阳光家的生意做得很大，在当地是数一数二的大户。阳光的爷爷七十多岁了，还主管着家里的事，他的父亲一般帮忙打下手，更多的时间就躲在他的书房兼玉坊里制玉。

玉，石之美者，有五德。五德承于金木水火土，喻人的品性之温良恭俭让、人的行止之仁义礼智信，皆是君子所为。

阳光家的得姓始祖叫阳熙。阳熙原名欧阳熙，南宋时在秦州为官，因主战抗金受朝中势力排挤，后有金国派人游说招降，两难之下，举家南迁避祸，改欧阳为阳，居于浅谷，农耕持家。

浅谷位于山南，产玉石。当地人多从事玉石行业，有"玉走山南"的说法。阳熙的曾孙阳煦执掌家族后，出农事，入玉石行，始创"山玉南"，两代后成当地制玉大户，有"山南阳氏山玉南"之名。

晚年时的阳煦忆起曾祖父乱世苟全、避祸他乡的悲戚，又深感阳氏玉成就家业，实是得祖上荫庇，思酌再三，决定新修族谱并立家训传世。

阳光对家里的生意不感兴趣，他喜欢考古。他的爷爷很不高兴，不好直接骂他，就把气全撒在了自己的儿子身上。阳光的父亲只能受着。他明白时代不同了，以前没得选，子承父业是传统，也是孝道。再说儿子的爱好和玉多少也沾点边——中国人自古就喜玉、赏玉，最后还不忘葬玉，所以有"君子无故，玉不去身""言念君子，温其如玉"的名言。

阳光的父亲想到了一个能让自己的父亲消气的好主意——重修族谱。他知道，老爷子惦记这事很多年了。这是大事，家族的大事。

阳光的手上握着一枚碧玉，形若河滩卵石，色如雨过天晴，看似未经雕琢，但细看，玉上可见深浅有致的沟壑，内藏梅兰竹菊——寓意傲、幽、澹、逸，为君子之德。

他把目光转向手边打开的族谱上，里面写着阳氏的家训——玉琢成器，人学有德。他想了想，点了点头，似有感悟。

阳煦新修族谱时恢复了祖上的姓氏，将北宋文学大家欧阳修列为宗氏高祖，并将他所写《诲学说》中"以玉喻人"的道理用作欧阳家的家训。

《诲学说》写道："玉不琢，不成器；人不学，不知道。然玉之为物，有不变之常德，虽不琢以为器，而犹不害为玉也。人之性，因物则迁，不学，则舍君子而为小人，可不念哉？"

阳光虽然对家里的事没兴趣，但他从小在玉坊里长大，耳濡目染，对玉石也有自己的认知，特别是对古玉有不浅的研究。

这天，阳光一大早就爬了起来，他要去市里的博物馆。博物馆有个玉文化展，里面最有看头的展品是一方玉玺——皇后之玺。

他没有想到自己会在博物馆遇到一个似玉般冰清素雅的女孩。

阳光站在玻璃柜前，目光落在皇后之玺上——两指见方的和田羊脂白玉，色泽纯润，玺钮雕螭虎形，玺台四侧刻长方形阴线框，框内雕卷云纹，印面是汉篆"皇后之玺"四字，匀正端庄，有皇家之韵。

据《汉官旧仪》记载："皇后玉玺，文与帝同，皇后之玺，金螭虎钮。"故此玺被历史和考古学者认为是吕雉的皇后之玺。

博物馆里，阳光已经在玉玺前驻足了很长时间。此时的他，身未动，心已远，梦回大汉——长安城外的终南山上，欧阳光极目远眺，霞光万道、宫阙巍峨。三年征战，沙场厮杀，是为家国情怀。今日平安归来，也是妻儿的日夜期盼护佑于他。

阳光坐在玉坊的砣机前，手上捧着一块原石，眼睛里饱含深情。他手中的玉，形有丰满之姿，色有润青之泽。器未琢，已见冰清，就像他对岳晴的一见钟情。

展厅里，当岳晴隔着玻璃看到阳光的时候，顿时愣住了。她的眼前呈现出另一幅画面——长安城外，岳清不舍地望着欧阳光离去的背影，泪水模糊了她的双眼。

"大将军，此去西域，战事艰难……"

"此番是最后的决战，兹事体大，我岂能不知……"

岳清想起两天前在书房外听到欧阳光和手下将领说的话，心头一阵悸动。他是朝廷的大将军，肩负护国保边之责，战场上风卷云涌，生死仅在一线，她实在不敢多想。

岳晴是美院的学生。她家是书香门第，父母继承祖辈家风，精研诗词曲赋、金石书画，为国学大家。岳晴受父母言传身教，七岁能吟，八岁能诵，少女初长成，已是林下清风，在美院被誉"有庄姜之貌、班昭之才"。

岳晴和阳光四目相对，短暂凝视之后，两个人心有灵犀地朝对方微微一笑。这微笑就像一把时空的钥匙，打开了尘封的岁月之门，转眼已回到玉玺印下的大汉王朝。

北境，古道边，风萧萧兮易水寒。

一队长长的军马迎着落日走着。队伍的前头大纛旗迎风飘扬，最前面的两面帅旗上写着"欧阳"二字。

欧阳光身穿黑色护身甲胄，腰间悬大将军佩剑。他手握缰绳，脚踏马镫，走在队伍里，左右是军中长史。

"大将军，前面过了关口，就是漠北了……"长史低声道。

"知道了。"欧阳光应道，极目远眺。

远处，霞光绚丽。只是在他看来，眼前并非塞外美景，而是孤烟萧瑟，仿佛到了天涯。

"仆夫悲余马怀兮，蜷局顾而不行……"欧阳光低声轻吟，转而沉思不语。

岳清已经在戈壁滩上走了数月。她是一个女子，孤身南归葬父，万里迢迢，一路跋山涉水、风餐露宿，吃尽了苦头。

岳清的父亲是汉朝官吏，那年随朝廷使节出使西域，途中迷路，又遭恶狼夜袭，所幸被一牧羊人家救下。后来他娶了牧羊人的女儿，生下了岳清。一年前病重，临终前留下遗愿——身回故里落叶归根、入土为安。

午夜，欧阳光正在行帐中与部将商议布阵之事，传令官进来奏报："大将军，有人在我方营地外刺探军情，已被当场擒获。"

"匈奴兵？"欧阳光随口问道。

"不是，是个女子。"

"女子？"欧阳光稍感意外，"刺探军情？"

他瞅了瞅身边的将领，见他们也是一脸的新奇，便笑了笑，饶有兴趣地吩咐道："把人带到这里来……"

"遵令。"传令官转身退下。

少顷，行帐外传来一个女子的厉声叫喊："你们为什么抓我？"

"少废话，快走！"

"这是谁的军营？"

"你一个小女子懂得还挺多嘛！"

"我知道，大汉在和匈奴打仗。"

"你是斥候！"

"什么是斥候？"

"斥候就是刺探我军军情的人！"

"你才刺探军情呢！"

欧阳光听着外面的争吵，摇了摇头，抬手拿起架在兰锜（剑架）上的大将军剑，快步走到帐门前，挑起帘子走了出去，部将们紧紧地跟在他的身后。

岳清没有想到真能在漠北的戈壁滩上碰到大汉的军队，她喜出望外，想起父亲临终前说过，走漠北有可能碰到大汉朝廷的军队，他们是去讨伐匈奴的。

欧阳光永远也忘不了第一眼看见岳清的样子，蓬头垢面，衣衫褴褛，看上去就像个乞丐。但在乱糟糟的头发下，一双黑亮亮的大眼睛透着灵动，带着一股子草原女子的野性。

"大将军，这就是我们抓到的斥候……"一个司马回禀。

"你才是斥候呢！"岳清挣扎着，大声反驳道。

"闭嘴！你知道这是什么地方吗？"司马厉声喝道。

"不就是汉军的大营嘛！"

"你就是匈奴派来的斥候！"司马拔出了手上的剑，想吓唬吓唬她。

"慢！"

欧阳光的声音就像战前擂动的鼓声，浑厚有力，直接闯进了岳清的耳朵里。她歪着脑袋，盯着眼前的男子。他约莫二十来岁，身着大将军铠甲，五官俊朗，目光深沉，神色不怒自威。

他是大将军？这么年轻的大将军？岳清的心里犯着嘀咕，猛地想起帐前的帅旗，上面写着"欧阳"。

他姓欧阳？他姓欧阳！

欧阳光走到岳清跟前，上下打量着她，见她差不多二八年华，像是哪个官宦或商贾人家家里偷跑出来的婢女，便问道："你叫什么名字？"

"岳清。你呢？"

"大胆！我们大将军的名讳也是你能问的？"司马大声斥道，又拔出了手上的剑。

"放下！"欧阳光命令道，朝岳清笑了笑，"我叫欧阳光。"

"你叫欧阳光？那你父亲叫什么？"岳清惊喜地问道。

"大胆！"司马又是一声大吼，望向大将军，等着他的将令。

"你果然大胆，家父的名字也敢问……"欧阳光收起笑容，摆了摆手中的大将军剑。

"我，我……"岳清一时不知道该如何接话，支吾起来。

"家父叫欧阳靖。"欧阳光轻声答道，眼里闪过一丝沉重。

"欧阳靖，你父亲是欧阳靖！"岳清睁大了眼睛，兴奋地大喊起来，泪水瞬间流了出来，这下可把久经沙场，早已练就一身铁骨的欧阳光给整蒙了。

岳清的父亲岳呈和欧阳光的父亲欧阳靖同朝为官，一个文臣，一个武将，两家是世交。岳呈临终前交给岳清一封信，让她先到长安去找欧阳靖，一切听他的安排。

"你是岳呈岳世叔的女儿？"

欧阳光接过岳清递上的锦袋，想起父亲生前曾和他提过岳呈出使西域未归的事，没想到在这茫茫大漠里竟遇到了他的女儿。

"光重兄：自那年东郊一别，春秋寒暑已有二十载。我随团出使西域，行至漠北，遭风雪迷了路，摔断了腿。夜宿戈壁，又遇狼群。生死一线，幸得当地一牧羊人相救，后娶妻生子，安身于此。

……

今重病缠身，半生之命已至，更日夜思念故土。膝下独女岳清已是及笄之龄，我不想让她孤嫁他族，遂留言身后归汉，落叶归根。

……

另由小女带回一幅漠北地域图，是我二十年间视察漠北山川地形、天象星宿和风土人情所绘，可用于朝廷兵事，不枉我为汉室子民之身，不负使节之责。"

欧阳光再看到岳清的时候，呆住了。沐浴后的岳清换上了一身天青色的曲裾深衣，花容月貌，冰清玉洁，完全就是一个大家闺秀。他不禁想起岳呈在信中还提到的一件事——岳清的婚事。想到这，他就像一个情窦初开的少年，眼睛里闪烁着耀眼的光芒，仿佛午间的阳光。

"我觉得这枚皇后之玺更符合汉宣帝皇后许平君的身份，平民皇后。"岳晴轻声说道，目光柔和，仿佛正在回望千年前的长安城。

"那是一个故剑情深的故事。"阳光接过话，"汉宣帝帝王之尊，不弃糟糠之妻，感天动地。"阳光偷偷地望了一眼身边的岳晴，心有所动。

博物馆里，阳光和岳晴并肩同行。两个人在千年流转的玉器展品前细细观赏，低头交流，不时会心一笑，似有情侣间的默契。

"你好，我是阳光。"

"我叫岳晴。"

阳光和岳晴站在博物馆外的台阶上。初秋的阳光透过路边的树洒下来，照在他们的身上，又在地上印出两个身影，仿佛一轴长卷，绘就了一幅新的爱情画卷。

"金风玉露一相逢，便胜却人间无数。柔情似水，佳期如梦，忍顾鹊桥归路。两情若是久长时，又岂在朝朝暮暮？"

"投我以木瓜，报之以琼琚。匪报也，永以为好也！投我以木桃，报之以琼瑶。匪报也，永以为好也！投我以木李，报之以琼玖。匪报也，永以为好也！"

阳光是光，阳光是一个阳光的小伙子，他喜欢上了岳晴。

刘义庆在《世说新语·赏誉》中写道："王戎目山巨源：'如璞玉浑金，人皆钦其宝，莫知名其器。'"

岳晴就是这样璞玉般的女孩，她也喜欢上了阳光。

铁　锹

屋里的墙角搁着一把铁锹。

铁锹看上去有些年头了，尖头的铁面锈迹斑斑，口边开着豁儿，坑坑洼洼的。木头把子倒是直直的、滑滑的，有两处手掌宽的地儿还泛着光，应该是用手日积月累握出来的包浆。

乔大军死死地盯着铁锹，目光呆滞。

他的脸上全是皱褶，就像刚犁完了的高粱地。地的一头还有两个坑，黑乎乎的。这是他的一双眼睛，一直睁着，也不眨动。

他穿着一件深蓝色的大棉袄。棉袄是那种老式样的，很厚实，是新的。他的头上戴着狗皮帽子，帽子也是新的，黄棕色的毛，看上去很柔滑，仿佛一只蜷缩着身子的小狗。

他全身被包裹得严严实实，只有手露在外面。说是手，却只剩下皮包骨头，就像是从 X 光机里照出来的影像。

乔小军走进屋，见父亲又瘫坐在地上，他皱紧了眉头，眼睛里闪过一丝犹豫，瞬间又掠过一抹内疚，然后满眼都是无助。

他转过头，瞥了一眼墙角。墙角放着一把铁锹，新的铁锹。

尖头的铁口就像护身的盾牌，锹面锃亮，口边光滑锋利。锹的木把笔直笔直的，涂着绿色的油漆，杵在墙角，仿佛一根生机盎然的高粱秆儿。

一根，两根，三根……乔小军的脑海里慢慢地浮现出一大片高粱地。

一阵风吹过，高粱秆儿荡起连绵起伏的浪花，发出哗啦啦的响声。伴着响声，在高粱地的田埂上，站着一个中年男子，他的肩头扛着一把铁锹。

乔大军身材魁梧，他上身穿着一件白色的褂子，下身是深蓝色的裤子，脚上踏着一双黑胶鞋。

再看他的五官，国字脸，头发浓密乌黑。眉毛下，一双眼睛炯炯有神，闪着质朴和坚毅。高高的鼻梁、厚厚的嘴唇，配上黝黑的肤色，一副农家汉子的硬朗模样。

终于出收成了！

他默默地念道，先是放下肩上的铁锹，用劲把它插在田埂上，然后从口袋里掏出弹弓，眼睛扫过高粱地。

一只麻雀飞过来，落在了高粱秆上。

乔大军把左手搭在锹把上，右手拉直了弹弓的皮筋，又眯上眼睛，瞄准了麻雀，然后右手一松。

"嗖嗖……"皮筋里的石子飞了出去。

"啪啪……"石子打在麻雀身上。

"叽叽……"麻雀应声栽到地上，扑腾着翅膀。

乔小军走到父亲身边，蹲下来抓住他的胳膊，慢慢地扶起他。

父亲真的老了！他想，整个人都没多重了。他搀着父亲，走到床边。

床上铺着一张皮毛。

这是一张狼獾的皮毛，黑褐色的，柔软顺滑。

乔大军躺在床上，手颤颤巍巍地抚摸着狼獾皮上的毛发。一股暖意沿着他瘦骨嶙峋的手传到他的胳膊，又从他的胳膊涌进他的身体，最后进到了脑袋里。瞬间，他的眼前闪过一道光，是太阳照在铁锹面上的光……

四周是广阔无垠的农田，被厚厚的雪覆盖着，一片白色的世界。

这几天是冬天最冷的日子。

乔军扛着铁锹，身体左右摆着，深一脚浅一脚地走在雪地里，身后留下两行深深的雪坑。他穿着一身灰色的皮袄，肩头和袖子上打满了补丁。头上皮帽子的毛已经掉了半边，用枯草掖着。下身是黑色的棉裤，脚上穿着靰鞡（东北冬天所穿的一种用皮革做成的鞋），用草绳绑着裤腿儿。

连下了好几天的雪停了。

乔军一大早就出了门，他要赶在村里人的前面，到林子边找点儿可以吃的东西。家里已经揭不开锅，孩子都快饿死了。

这日子，真是要逼死人啊！他埋怨道。身子一个没走稳，整个人趴在了雪里。

他吃力地抬起头，伸手抹去脸上的雪，准备爬起来，又突然停住了，两只眼睛就像村口那棵歪脖子树上挂着的铁铃铛，死死地盯着前方。

离他不远的白桦林旁，躺着一个毛乎乎的动物，短小的四肢扑腾着，发出汪汪汪的尖叫声。

是獾子，是狼獾！乔军心里一阵狂喜——这下孩子不光有肉吃了，还能打张好皮！

他直起身子，拔出腿，朝林子走去。走近一看，是一只受了伤的狼獾。

乔大军睁开眼睛，看见儿子正站在自己的身边。他记起来了，刚才被光照着的，是自己的父亲。

家里穷，三年两旱，乔军不得已跟着村里人躲饥荒，踏上了闯关东的路。

一路艰难，他终于走到了东北，在一偏远的山边落了脚。最初的日子不敢再去想。到处都是荒芜之地，野兽成群。到了冬天，更是寒风刺骨，暴雪成灾。

好在乔军能吃苦，硬是在草甸子里垦出几块地，种上高粱和玉米，后来又搭了两间土房子，娶了媳妇，成了家。

乔大军动了动嘴，想喊儿子，但嗓子哑哑的，说不出话来。乔小军见父亲的嘴动了动，想着他应该是有话要说。他俯下身子，耳朵贴在父亲嘴边，结果听到的只有叽叽的声音，像麻雀的叫声。

乔小军想起来了，他刚才脑子里浮现出的是自己的父亲。

村里开会，说是国家要在关外大规模开垦荒地，要把草甸子和沼泽地改造成良田，种庄稼，打粮食。

这是真的？乔大军有些不敢相信，但村里人说，已经看到有人在丈量土地了，说是要建农场。

那一家人还要不要回关里呢？乔大军犹豫了——父亲临终前叮嘱他带一家人回老家，说人终究是要落叶归根的。

乔大军望着睡在炕上的儿子，他的身下垫着一张狼獾的皮毛。他想，自己在这里长大，成了家，也有了儿子。这里才是自己的家，也是儿子的家。

很快，村外就来了很多穿着绿军装的人，他们在村外搭起了帐篷，生起了火。

每天一大早，他们扛着铁锹锄头，在山边开荒。不久，又有人开来了耕土机和播种机，大家没日没夜地忙碌着。

一年，两年，三年……

乔大军望着村外成片成片的高粱地，心里充满了喜悦——在这广袤的黑土地上，几千年的荒芜之地终于变成了肥沃的良田。

孩子们再也不会挨饿了，他想着，把手中崭新的铁锹扛在肩上，跟着村里人往村外的高粱地走去。

后来，乔大军把父亲乔军的骨灰送回了老家安葬。

乔小军长大后，进了农场。

乔大军得了阿尔茨海默病，俗称老年痴呆，在他的眼里，墙角的那把铁锹陪了他大半辈子。

乔小军把父亲乔大军的那把铁锹捐给了当地的北大荒农垦陈列馆。

放在墙角的，是乔小军买的自家院子种菜用的，是一把新的铁锹。

封狼居胥

仲秋的子夜时分，月色如雪，萤火似星。

在西域茫茫的戈壁滩上，一骑单骑疾驰而过，迸溅起滩上的沙砾，仿佛卷起千层雪，又绝尘而去。独行的背影在一钩弯月、几缕云烟下，显得无尽悲凉、无限寂寥。

数天前，霍印子离开都城长安，一路向北，日夜兼程，终于赶在月夕（中秋）前到了长城脚下。他牵着马进了青玉镇，找了家靠近城门的客栈住了下来。

青玉镇离阳关还有一天的路程，霍印子要在这里等同伴，然后一起出关。三个月前，他们接到骠骑将军霍去病的征召，集结在老家的族内子弟组成卫军，与朝廷的军队共同抵御匈奴进犯大汉。

霍印子几乎一夜未睡。他的手上还有当朝丞相的亲笔信，信里让他务必在月夕前赶到青玉镇。丞相没有明说要做什么，只说会派人和自己会合。他还说这件事关乎朝廷安危，只能成功，不许失败。

事关朝廷的安危？霍印子想，我朝自高祖以来已历七朝，当今陛下雄才伟略，天下太平富足，除了匈奴，能有什么安危？

只能成功，不许失败！他又想，我是谁啊？

霍印子是平阳霍氏人。霍印子不是本名，他的本名叫霍平湖，按辈分还是霍去病的远房叔伯。早年他在平阳乡间做庖子（厨子），掌红白吃食，混个酒足饭饱。

那年本家兄弟霍仲侠手刃村上恶霸，被官府缉捕，他带着被自己救下的外乡女子躲进了深山，后来干脆占山为王，扯起了大旗，杀富济贫，不出几年江湖名声威震四方，被称"霍侠子"。霍平湖见兄弟起了家，便收了摊子，上山入了伙，排行老三，人称"霍印子"。

天刚刚放亮，霍印子就爬了起来，刚准备出门，门外响起一阵急促的敲门声。他本能地向后退了两步，拔剑护身。门吱啦一声被推开了，一个身穿浅灰色衣服的人跳进屋里，站在了霍印子的面前。

霍印子定睛一看，惊叫道："卫姑娘，怎么是你啊！"他的眼睛里露出难以掩饰的喜悦。

他没想到卫婷会出现在青玉镇，这里离霍家寨有几千里路啊！

"只许你来，我就不能来啊？"卫婷嘟着嘴，俏皮地反讥道。一双清澈透亮的大眼睛直直地盯着霍印子，完全没有女子该有的羞涩。

"你是不是瞒着家里偷跑出来的？"霍印子问。

"不是，"卫婷昂着头说道，"是我大哥让我来的！"

"不可能！"

"怎么不可能？"卫婷从腰间拿出一封书信递给霍印子，"你看，这是大哥让我交给你的信……"

霍印子接过信，仍是一脸不解地盯着卫婷。卫婷是卫家堡东字辈唯一的女子，从小跟着卫家男子练武，成了东亭山一带小有名气的侠女。

霍印子打开卫东臣的信，低头扫过，眉头紧锁，看来对方提到的事让他很为难。

"我哥在信中说了什么？"卫婷一副天不怕地不怕的样子，大大咧咧地问道。

"你大哥让你和我去找一样东西。"霍印子回道。

"什么东西？"卫婷显然来了兴趣，伸手想抢过霍印子手上的信。他挡了一下，把信塞进自己的衣襟内，向屋外走去。

卫婷见状，没再纠缠，转身跟着霍印子出了客栈，到了镇上。

日头还早，镇上冷清清的，没有什么人。路两边的铺子也没开，只有东头的城门下站着几个军士，正在盘问进出城的百姓。

"平湖哥，我们去哪里啊？"卫婷问。

"我们要再等一个人。"霍印子答道。

"谁啊？"卫婷好奇地问道，目光扫过客栈对面的巷口，一时愣住了。

巷口站着的竟然是堂哥卫景。

他怎么也来了？他来做什么？卫婷正纳闷，伸手想打招呼，却见他躲进了巷子。

他这是要做什么？卫婷皱了皱眉头，余光瞅了瞅霍印子，见他面无表情。她知道卫景和霍印子之间有矛盾，他不同意自己和霍印子的婚事。

平湖哥知道卫景来了吗？她想了想，没敢说话。

霍印子上山没两年，官府开始剿匪。霍仲侠虽然行侠仗义，但干的终究是取人钱财、杀人越货的买卖，劫的都是地主商贾，这些人在朝廷里大多是有人脉的。时间长了，他们几乎没了藏身的地方，手下死的死、伤的伤、逃的逃，人心渐渐地散了。

霍仲侠和夫人卫红英商量了一下，决定下山投靠东亭山的卫家堡。

霍仲侠上山后才知道被自己救下的女子是卫家堡的人。那年卫红英赌气离开家，独自一个人去找堂哥卫景，路上遇到村霸，被霍仲侠救下。卫景是卫家堡二当家的大儿子，从小既不学文，也不习武，整天在外面游荡。卫红英和卫景关系好，只有她知道卫景在做什么。

三年前，霍去病取得大捷，后在匈奴单于的王殿密室里发现了一块玉璧。

玉璧上刻龙腾图，并篆"汉由秦生"四个字。

涉及汉家皇权，霍去病不敢自专，命专人快马直送长安。结果没过几日，其中一个护卫突然回来了，他全身是伤，只剩下半条命。细问之下，说是他们刚到青玉镇就被一帮不明身份的人拦下，对方显然有备而来，下手十分凶狠，刀刀见血。他们敌不过，其他人都死了，他装死这才逃过一劫，玉璧也被对方抢走了。

霍去病听后大怒，准备派贴身护卫霍明带人找回宝物，却被军师项井拦住了。

"将军，"项井示意霍去病退去众人，"此事只有几个人知道，又是军士护送，谁敢在半路明劫呢？"

"是啊！"霍去病也冷静下来，他走到帐中的沙盘前，目光死死地盯着青玉镇，"项先生是说有内奸……"

离青玉镇最近的驻军是刘朴。

难道是刘朴？霍去病想。不可能！他摇了摇头，极力打消掉自己的这个念头。

刘朴是汉武帝的远房侄子，祖上是刘氏在沛县的另一支血脉。高祖起事前两支并无来往，后来刘邦醉斩白蛇，举义起事，做了沛公，其祖上主动上门认了亲，归了同宗，族内子弟也跟随刘邦征战沙场，最终赢得江山，被封王侯，光宗耀祖。到了刘朴这一辈，被授军职，戍边北疆。

刘朴只是低阶君侯，手下只有一队人马，能做什么？霍去病想。

项井见霍去病的目光扫过离青玉镇两日行程的天云镇，低声道："将军，你看这里……"他的手指向了镇外西南方向的一座山。

"你的意思是……"霍去病一脸疑惑，似有不信。

"将军还记得年前出征时，"项井提醒道，"长安发生的事吗？"

"你是说那个传言？"霍去病问。

项井点了点头。霍去病思忖片刻，伸手将插在山上的小旗猛地拔出，掷在地上。他神色凝重，眼睛里流露出与他年龄不符的杀伐果决。

天云镇西南方向有座山，朝廷称云盘山，当地人叫秦王山。相传秦始皇嬴政为质子时，从赵国回秦国的途中曾在此山遇隐世高人，被密授王权驾驭之术。后嬴政被封秦王，征伐六国，廓清九州，统御海内，成一代始皇。

而秦王山是李直控制的匪寨。

李直是前将军李广的义子。春，李广随霍去病出兵漠北，途中迷路，被去偷玉璧的李直救下，认下义子。不承想，李广回朝不久，因愧对朝廷，选择了自杀谢罪。

秦王山，义云堂。

李直背对着堂上一众人，神情焦虑地盯着面前的虎皮靠垫，看上去像是在沉思，又像是在下最后的决心。

"堂主，"站在李直身后的李火首先开了口，"这就是我们一直要找的玉璧！以和氏璧雕琢而成，价值连城！"

李火是李直的三弟。十年前李直上山为匪时，他还是一个在做学问的儒生，想着有朝一日能为朝廷效力，留名青史。结果因为兄长李直是草寇，没人敢向官府举荐他。悲愤之下，他决定上山，寻找机会。

李直当然知道玉璧值钱，但也知道霍家军的厉害，想从对方的手中抢走玉璧实在困难。他犹豫道："我不是不想，而是对方太厉害……"说完长叹一声，心有不甘。

"大哥，"李火抬高了嗓门，环顾一圈身边的其他人，煽惑道，"这些年大家跟着你出生入死，死了那么多兄弟，我们难道不该为活着的人多想想，给他们留条后路吗？"

"堂主，二堂主说得对！"站在李直身边的刘作首先赞同道。

"二堂主说得对！"

"二堂主说得对！"

堂上众人的情绪被李火的话挑了起来，仿佛看到一堆金银财宝摆在跟前，又见刘作表了态，便一个个大声附和道。

刘作是李直的军师，最早跟着他上山，为山寨的壮大立下过汗马功劳。李火入伙后，发现大哥只知道敛财，但他想的不光是钱，还有更大的目标。而要实现自己的目标，就要有人，他看中了刘作。

现在机会终于来了！

玉璧，他要用玉璧去办件大事，一件能改天换地的大事。

军中密室。

"将军，你已经是汉家军卫，陛下又赐爵，命你祭祀天地，"项井说道，"有道是功高盖主，将军再将玉璧奉上，支持你的人肯定说你是无私为国……"

"反对我的人肯定会拿此做文章，说我功高盖主……"霍去病接过话，"但问题还是要找到玉璧才行啊！"

"你可以写信让霍印子来办这件事，"项井建议道，"他是江湖上的人，让他出面更好些。"

"就听先生的。"霍去病想了想，应道。

霍印子很快就找到了线索，但让他没有想到的是，这个线索居然和卫景有关。他一时陷入了两难。

天问阁。

"师父，此事如何是好？"霍印子站在石崖边，望着千丈深渊间飞流直下的瀑布，神情严肃地问道。

"徒儿，你可知否极泰来之说？"郭问仙风道骨，抚须反问。

"弟子知道，只是与此事有何关联？"霍印子不解。

"封狼居胥，这是朝廷嘉奖，更是朝廷警示。"郭问解释道，"霍大将军已有赫赫战功在身，如果再有象征护国勤王的玉璧在手，天子如何置之？"

"那可有解？"霍印子问。

"无解。"郭问答。

"结果如何？"霍印子追问。

"亡。"

霍印子听完，瞬间仿佛坠入深谷，饶是自己早年屠宰牛羊无数，后来又上山舔刀饮血，此时也感受到了直面而来的杀气。

"所以师父让卫景找到刘作，抢了玉璧……"卫婷说道。

"天道人事，朝廷也是江湖。"郭问转身离去。

霍印子望着师父的背影，笑了。

半个月后，霍印子和卫婷成亲。第二天夫妻俩便离开了天问阁，他们接下来要去的地方是洛阳。

　　贾云哲，山东寿光人，在校学生，青年作家，青年作家网签约会员，寿光作家协会会员，寿光北海文学社会员。著有散文《四季雨韵》《花开四季，岁月轮回》等。文章散见于《寿光日报》。

坚定的信念

清晨的露珠像珍珠般晶莹剔透，明媚的阳光洒在一望无际的菜地里。

我叫刘平，邻居们都叫我平子。从小和奶奶相依为命，我的奶奶王田花是一个心直口快、刀子嘴豆腐心的人。

"平子你给我滚过来，到太阳下山之前你要是割不完这些菜，你就别回来了！"

平子心里嘀咕道，等我长大了一定远离你和这个破地方！他看到路边的石头，啪，踢飞出去。

"哎哟！"

平子瞪眼一看，然后脚底像抹了油似的，拼命地向菜地跑去，因为后面王田花正拿着锄头"追杀"他。

平子被王田花追到围墙边上，围墙不算高，起码对平子来说不算高。平子像猴子似的，爬上围墙，气得王田花来回用锄头敲打着墙壁，嘴跟个机关枪似的，说个不停。

时间像河流，转眼就流走了。

"平子吃饭啦，平子！平子！你聋了吗？"

"来了，来了，奶奶您说我妈去哪了，我爸呢？"平子随便扒拉几口饭后问道。

"吃饭都堵不住你的嘴！你妈她上天去摘星星了，至于你爸呢，鬼知道上哪混去了。"

平子缓缓地低下了头，如同小鸡啄食一般，重复着开口闭口的动作。

王田花看到平子后说道：“你也不小了，该去上小学了，明天我去集上给你买个书包和水杯。”

“不要，上学太辛苦。”

“就你事儿多！”王田花厉声道。

平子上床睡觉时，王田花敲开房门，脸上的皱纹清晰可见，在灯光的映照下，竟显得无比沧桑。

平子说：“奶，您咋了？我还没穿裤子呢！”

王田花故作生气道：“臭小子，你是我从小养大的，你身上哪里我没看过？”

“那您为啥进来啊？”

“我已经老了，恐怕陪不了你多久了，你这才上小学，我放心不下你啊。”

那个时候，平子对死亡的概念既陌生又熟悉。因为他知道死了的人没法和活着的人见面。最起码平子至今没见过妈妈。

初夏的知了似歌手，激烈地唱着歌。

平子被它吵得睡不着觉，气得破口大骂。

王田花被平子这么一号，吓得打了一个激灵。“臭小子，你大半夜不睡觉，发什么疯？”说罢拿起旁边的扫把，一脚踹开平子房间的门。顿时传来阵阵惨叫和几声咳嗽声。

平子被揍得捂住屁股，躺在床上哭，嘴里还嘟囔着：“等我考上大学，我一定要远离你和这个破地方！”

薄雾如纱衣般，把菜地和小路都蒙了起来。王田花送平子去上学后，便一个人去了县医院。

平子在学校里表现突出，被老师选为班长。平子掏出他的日记本，把今天的事都记了下来：

8月9日，今天我被王老师选为了班长。我听到王田花的咳嗽声，总是阵阵的。老师说，老人家这是肺里有大问题了，让我回去劝劝王田花，去医院查查去。

平子写完日记，合上本子回了家。他看到王田花正在做饭，对王田花说："我们老师说了，你的咳嗽绝对不是个小问题，你必须去看医生！"

"臭小子，你奶我身体倍儿好！别听你老师瞎说！你学好习就行，其他的事，你少管！"

平子被王田花这么一训，像过街老鼠般，夹着尾巴灰溜溜地跑到房间写作业去了。

王田花见平子回房间后，便从槐木做的柜子抽屉里取出药瓶，把药丸倒出来后，仔细数了数，将多余的再装入药瓶，然后将掌心的药丸一口吞下。王田花吃完药后，从旁边的柜子里拿出了一支铅笔和一张泛黄的信纸。

开头草草写了几个字，便又把纸笔放回到柜子里。

王田花是认字的，但她写出来的字歪歪扭扭的，与其说是写字，倒不如说是"画"字。

平子写完作业，便上床睡觉了。王田花再次进到平子房间里，只不过这次动作变得格外小心。王田花为平子盖好被子，便带上门出去了。透过窗户，夜晚的星星一闪一闪的，王田花抬头望去，以防低下头眼泪流下来。

"臭小子，奶奶我已经尽力了。"王田花说这句话时，声音很小很小，仿佛只有自己可以听到。

此刻，周围都是宁静的。

王田花回到房间，闭上了眼，睡起了觉。

岁月的美，在于它的流逝。

放暑假了。平子写完作业后，便开始找王小刚、李荣荣和王小菲他们去玩。

王小菲一直暗恋着平子，但平子平时对王小菲时冷时热的。李荣荣的长相非常符合平子的审美，可平子自己知道，无论是王小菲还是李荣荣，现在的自己完全配不上人家。

人家这两个姑娘，父亲不是某某副局长就是老师，至于平子的爸妈是干什么的，就无从得知了。

平子的暑假，大部分是和李荣荣一起度过的。李荣荣的父亲是平子的语文老师，平子在语文这科上的努力他是看在眼里的。

不论平子学习再怎么努力，但数学总是考不及格。为此平子还郁闷了好长一段时间。不过王田花知道后给平子讲了许多道理，其中就有罗曼·罗兰的名言："世界上只有一种英雄主义，就是在认清生活的真相之后依然热爱生活！"

平子一直把这句话当作激励他前进的动力。

至于平子为什么喜欢学习，是因为学习对他来说或许是一种解脱。

假期里，平子一直跟李荣荣的父亲补习着功课，而李荣荣也在旁边默默地陪伴着平子。

平子和李荣荣抬头四目相对时，两个人的脸蛋都红通通的，似熟透了的苹果。平子知道，在他的生命里将始终有一个挥之不去的身影，那便是李荣荣。

平子想和李荣荣相处得再久些，就准备和李荣荣坦白心声，但李荣荣已经在平子身旁睡着了。平子小心翼翼地给李荣荣披上了毛毯，自己则在地上打起了地铺。随后平子在一旁轻声对李荣荣说了几句话。没人注意到的是，李荣荣的嘴角扬起了一个非常好看的弧度。

李荣荣睡得十分香甜，而平子总是睡着睡着被冻醒，但他看到李荣荣睡得这么熟，便也继续闭上眼睡着了。

月光像细盐般，洒在地上。

知了的歌声在这时也变得悦耳起来。夜的香气，在房间扩散着，仿佛把整个房屋都罩在里面。

对于平子来说，现在能够陪李荣荣的时间越来越少了。先前李荣荣语重心长地对平子说："平子，过不了多久，我就要走了。去一个很远很远的地方，以后可能就见不到啦，你要记得我，最起码别忘了我。平子，在大部分人心中死亡并不可怕，被遗忘才是最可怕的，平子，再见了！"

"不！"平子惊呼道。

平子从睡梦中惊醒，原来是场梦。但平子看向李荣荣的位置时，却发现李荣荣不见了。当平子急切地跑出房间，看到李荣荣身穿白色短袖，正在向自己招手。

"平子，不要忘记我，假如我还能遇见你，我会嫁给你的，平子！"

"一言为定，李荣荣，我喜欢你！"

李荣荣从车里扔出一个挂件，丢给了平子，是一片小荷叶。

平子望着李荣荣的身影，想起与李荣荣相处的时光，再也忍不住哭了起来。

李荣荣走后的第二天，平子回想着和李荣荣相处的点点滴滴，眼泪顺着眼角再次滑落。

王田花看到平子这样，把手搭在平子肩膀上。

"臭小子，这么久都不回家，你干什么去了？"

"奶奶……"

平子哭得抽抽搭搭的。王田花看到平子这个样子，心疼地抱住了平子，轻轻地抚摸着平子的头。

"臭小子，人家只是走了，你哭得这么伤心干什么？"

王田花心疼地为平子抹掉眼泪。

就这样平子的暑假在不知不觉中结束了。

平子经过王田花的安慰，情绪变得有所好转。他想未来或许还有机会再次遇见李荣荣。

时间的冲刷，红了樱桃，绿了芭蕉。

平子是今年的高一新生。平子将近一米八的身高，常常戴着一副黑色多边形眼镜，脚底下的鞋也从破布漏指头的鞋换成了新鞋，这是王田花从集上新买的。但据平子所知王田花在买这双鞋时，盯着旁边摊主的凯蒂猫鞋子看了许久，回过神来的平子，看着自己的新鞋打了一个寒战。

平子看到周围同学的军训必需用品，并没有放到心上。

但当平子军训到第二天时，脖子晒得跟蛇蜕皮似的，引得同学们哈哈大笑，羞得平子找了个角落坐着。

就在这时，一个女生从操场中间跑到平子身边。

"王小菲？是你！好久不见了啊！"平子激动地说道。

"平子，你别乱动。我给你涂一下防晒霜。"

平子低着头，忍着泪水，因为想起了和她相似的身影。可平子明白，再见已不知是何时了。平子受伤的心仿佛跌到了万丈深渊，再也无法看到阳光。

王小菲看到面前男孩的这副模样，又何尝不伤心难过呢！

平子的好友叫马小伟，因为他在平子吃不起饭时，帮了平子不少。马小伟知道平子的家庭状况不太好，所以他总是在平子吃饭时把自己的饭菜夹给平子。

"今天就只吃这些？能吃饱吗？"

"可以的，我饭量小，大不了一会儿去舀汤喝，也可以喝个饱的。"

其实，跟平子家的条件比起来，马小伟家的条件也好不到哪里去。马小伟跟平子都是单亲家庭，马小伟的妈妈在马小伟出生时便离开了他，自小就是马小伟跟爸爸两个人一起生活，但马小伟爸爸的姐姐多，时常接济他们，所以马小伟的生活比起平子还算好一点。也许马小伟知道单亲家庭的难处，所以经常帮助平子，平子一直把所有人对他的好，都记在本子上。

平子翻开本子。

8月9日，我把王田花的病情和老师说了，老师让我去劝劝她，去医院看看，结果却被她训了一顿。

8月15日，李荣荣走之前，丢给了我一个小荷叶挂件，说要是再见到她，她便会嫁给我，我一直盼望着那天的到来。

……

9月1日，我没有带能防晒的东西，脖子已经严重晒伤了。在我不知所措的时候，一个人向我跑过来，我以为是她来了，却没想到是王小菲……

9月12日，饭卡里的钱已经不多了，我的朋友马小伟给我夹了许多菜。教学楼的"助学金人员"名单里也有马小伟的名字。感谢他对我的帮助，我一定会想方法报答他！

青春，是一个短暂的美梦，稍不留神便悄悄地溜走了……

平子所在的高三九班教室的后黑板上，也挂上了写有"高考加油，高考必胜"字样的横幅。

平子心心念念的大学是山东工商学院。

马小伟曾问平子为什么要考这个大学。平子说："目前离家近的恐怕只有这所大学了。"马小伟和平子一直关系不错，也听说了不少关于平子小时候的故事，马小伟一听平子这样说便打趣道："怎么还离不开奶奶和你家那片破菜地啦？"

平子一听马小伟说的话，狠狠一巴掌拍在了他的屁股上。然后白了他一眼，便开始背书复习了。

往事如灰，抖落了一地的尘埃。岁月终是无情的，时光总是太匆匆。

学期末，熟悉的考试开考的铃声再次响起。平子的心智随着年龄的增长而变得成熟。同时平子也知道，希望与悲伤都是一束光。那个女孩给平子留下的大部分都是悲伤，但平子无法否认的是，女孩带给他的希望，真如冬天的暖阳般温暖，治愈着平子脆弱不堪的心灵。

平子一想到女孩的诺言，便瞬间来了精神，行笔如流水，真会也好，瞎填也罢，最起码平子人生中最重要的考试，他已经答得无怨无悔。正如马小伟对平子说的："我一出手，便是这个分段的极限。"

考完试的平子，像从水缸中捞出来似的。不管三七二十一，收拾完东西后，便像弓箭射出的箭般头也不回地奔去食堂吃饭了。

学校为即将毕业的高三学子准备了毕业典礼，毕业典礼的规模不算太大，但却足以证明学校的心意。每个班都需要派出一名学生上台演讲。

其他班都选了成绩名列前茅者或者班长，而平子所在的班级，都推荐平子上台演讲。平子明白同学们的心思，便把准备了两天的稿子，一遍一遍地读着。

王田花说："平子你可要加油啊！"

平子脱下平常穿的校服，换上了一套从未穿过的黑色西服。

平子中等的个子，在西服的衬托下，竟显得有些高大，再配上平子棱角分明的脸庞，戴一副黑框眼镜，竟成了全场的焦点。

平子表面上波澜不惊，实则心里跌宕起伏。心中直夸王田花会穿搭，真会打扮他。

此时，王田花正摘着菜，突然打了一个喷嚏！

"臭小子不好好学习，又想我干吗？"说罢看着门口边的扫把，随后又收回目光。

果然在同学们的期盼下，平子的演讲很成功，赢得了一片掌声。

就这样平子的高中生涯结束了。

暑假，平子一直在等他的通知书。过了几个星期，平子果然不负众望，收到了心心念念的大学的录取通知书。

平子的泪水落在通知书上，没错，平子他做到了！

平子对着天大喊道："老天爷啊！我成功了！"

写作感言

我的身体似乎有着不小的问题。前些日子患了感冒，又患了眼疾，医生诊断为重度细菌感染。刚得几天时，左眼疼得厉害，一闭眼就跟针扎眼球似的。幸亏买了些药，敷了几次后才勉强缓解了些疼痛。

胃也如同定时炸弹般，时不时便会痛得直不起腰来。这些病好转了些，才可以动笔潦草写下几个字。这些病一旦一起发作，足以要了我的小命。

身体无时无刻不在提醒我放弃写作。但我一个人在床上翻来覆去，我知道我是放不下的，因为写作让我明白，世间百味，不仅可以用言语表达，更可以用文字来表达。文字的力量是伟大的！

世界是枯燥乏味的，写作充当了我生活中的调味品。在这里，我希望写作的人可以继续坚持下去。

愿我的身体有所好转。在我最低谷的时候，感谢你们的陪伴。我想在你们心里栽下一片花海，让花海的芳香，弥漫整个心田。

我有一些话想对大家说，这算是我的喃喃自语。

从没想过会经历那么多的生离死别，却还有漫长的夜等着我。

我的离开如沥青路上的一粒尘土，风一吹便会消失得无影无踪。

我在无边的黑暗中挣扎，时间静止得可怕，无数的人伸出手说，抓紧我，好吗？

喜欢我的人，请原谅我的平凡，我尽力了，你们从我的世界路过，已是我莫大的荣幸。

谢谢你们在我的全世界里路过。

我希望断线的风筝重回到女孩儿手中。

我希望落地上的牛奶盒重新回到手里。

我希望奶奶的胃病好起来。

我希望妈妈不再因生活而受委屈。

我希望星辰洒下金辉，照亮前行的路，治愈你们疲惫的心灵。

　　安之以诚，本名王年安，福建南平人，青年作家网签约作家。2019年起开始文学创作，著有诗歌、散文近千篇，作品散见于中国作家网、中国诗歌网。

挚情简爱，余生有你

　　遇见，是时光里绽放的一朵花。有时一抹阳光、一缕清风，就可以开始一个故事。

——题记

一

　　凌风和安文逸，在一个不经意的转角初见。风很轻，云很淡，刚刚好的天气、刚刚好的心情，一杯茶、一首诗，一个问候、一个微笑，便荡起了两个心湖的涟漪。

　　在简村一个转角的书店，一个初夏的午后。凌风在读完安文逸的诗后，为她递上一杯暖茶。

　　安文逸手捧一本诗集，书名叫《海蓝见鲸，梦醒见你》，扉页夹着一片枫叶。她抬头望了一眼凌风，嫣然一笑，接下那杯暖茶。

　　安文逸，清丽如一朵飘逸的白云，一头长发乖巧地垂着，调皮的眼神里又带有一丝清冷。

　　安文逸喜欢在宁静的清晨写诗，她的诗如她这个人一样，跳跃而又深沉，洁净无尘，有一种脱俗的美。时而犀利如锋，时而柔情似水，总是深深吸引着凌风。

　　凌风在心里暗暗欣赏着安文逸，从那个初夏的午后开始，便默默地关注她写的每一首诗。每一个清晨，凌风最期待的便是读安文逸的诗，如一个花骨朵儿渴望得到阳光的沐浴。而安文逸的诗总是在阳光升起的时刻，似一缕清风，轻轻地吹来，如期而至。

期待，是一种美好的期许，在欣喜中等待，也在欣喜中收获。

　　林深时雾起，海深时浪涌，梦醒时夜续，不见鹿，不见鲸，也不见你。

　　而此时，林深时见鹿，海蓝时见鲸，梦醒时见你，是如此的幸福。

凌风慢慢走进安文逸的世界，伴随着诗与阳光，开始一个美丽的故事……

二

夏天的清晨，凉凉的风，轻轻的虫鸣，宁静而又清爽宜人。凌风喜欢在清晨，静静地看书，静静地写诗。

都说养成一个习惯需要二十一天，可是喜欢一个人，有时却只需要一秒。凌风自从那次偶遇安文逸后，每当清晨闹钟响起的瞬间，他的脑海里便全然都是安文逸，一醒来就急切地寻她的诗读。

周末的清晨，凌风读完了安文逸的诗。简单洗漱后，便穿上一身黑色休闲运动服，跑往湖边栈道。

凌风沿着湖畔，在林荫下晨跑，刚刚升起的阳光，透过稀稀疏疏的枝叶，斑斓地洒在他的身上。

栈道的两侧，杨柳依依，绿意盎然。绿的叶，紫的花，就连青石小径上的鹅卵石，也焕发着油亮的生机。盛夏的清晨，空气中夹杂着青草的芳香，晨风暖暖的，充满了恋爱的味道。

在栈道的转角处，安文逸举着相机，正在拍摄晨光湖景。她穿着米色的上衣，白色的长裙随风飘扬。

凌风一眼就认出了她，跑到她面前，笑得灿烂："嗨，这么巧啊！"看起来很客气的问候，却抑制不住内心的激动。

"哦，怎么是你啊？"安文逸转过身来，有点吃惊，脸上泛起了一抹红晕。

后来安文逸低头筛选着相机里的相片，凌风站在一旁静静地端详着她。她的小脸蛋上挂着细密的汗珠，整个人显得清新脱俗。仿佛从诗中走出来，带着晨风的清香，轻轻地绽放着浅笑，如一缕洒在凌风脸上的阳光，灿烂得让他睁不开眼睛。

安文逸抬起头来，看到凌风正看着自己，不禁感觉自己的脸颊有些发烫。

"哇，照片里的你真美！"凌风看着相机里的照片，赞不绝口。

"是吗……不过我感觉自己从小对美就特别挑剔、特别敏感。"安文逸脸上绯红一片。

"前面景色不错，咱们边走边聊，可以吗？"

安文逸长裙飘飘，走在凌风身边……

是今生的重逢，还是前世的约定？是阳光酝酿了爱情，还是爱情绚丽了阳光？

　　海深怕水浅，纸短怕情长。
　　爱你的心，怎能搁浅？

世间万物，爱才是一切美好的答案。

三

夜已深，书房里，灯微黄。安文逸伏在桌上，长长的睫毛忽闪着，在素笺上写下一行行秀丽的文字。

窗外，一片寂静，偶尔传来几声蛙叫和蝉鸣。小花猫微闭着双眼，静静地蜷在书房的窗台上，似乎在等待主人来揽抱入眠。

安文逸放下铅笔，站起身，走到阳台，伸了伸懒腰，远眺着如水的夜空，一钩弯月挂在屋顶上。

突然，手机提示音响起。安文逸点开手机，是凌风发来的："姐姐，明天周末了哟，有没有什么安排呢？"

凌风称安文逸为"姐姐"，不知道是从什么时候开始的，也不知道是因为什么。也许是因为在凌风眼里，安文逸就像仙女一样圣洁和美丽。

安文逸开始时有些惊讶，慢慢也就习惯了"姐姐"这个称呼。

近来，安文逸在临睡前，总会收到凌风发来的晚安问候。凌风的问候，很轻、很暖，如咖啡的一缕醇香，给宁静的夜晚带来了心灵的小憩，让安文逸不忍拒绝。

安文逸嘴角微微上扬着，在摇篮边上坐下，双手捧着手机，迟疑了片刻，回了过去："姐姐还没有想好怎么安排呢。"

"姐姐，明天天气正好，北港海滩的落日很美的，一起去拍照吧？"凌风秒回了过来。

安文逸不禁扑哧一声笑了起来，身子蜷进摇篮里，捋了捋耳边的长发。想到海滨，感觉是好久没去了，记得那是前年同学聚会的时候，一群同学搭帐篷、搞野营，玩到通宵，快乐的记忆至今还在脑海里。

她左手轻轻托着下巴，右手拿着手机回信息："那下午吧，姐姐怕晒。"

第二天下午。

湛蓝的天空上飘着淡淡的云，空气十分清新，微风轻轻地摇动着沿路的朱槿花。

凌风载着安文逸，一路南行。安文逸坐在副驾上，穿着浅蓝色的吊带裙，戴着墨镜。

到北港的时候，已是下午五点钟了。停好车，凌风下车给安文逸开了车门，接过安文逸手上的行李和相机。安文逸穿着高跟鞋，从车里探出右脚，轻轻提臀离座，挽着裙角迈下车，撑着一把淡紫色的遮阳伞，走在凌风的左边。

橘黄的太阳，碧蓝的海面，余晖照在沙滩上，金灿灿的，把凌风和安文逸的影子拉得很长。海风微拂水面，波浪轻轻地拍打着礁石，一群海鸥盘旋在沙滩上空。

安文逸拿着相机，兴奋地在浅滩上寻找拍照的角度。海水漫过脚踝，轻轻地按摩着安文逸细嫩的脚。

凌风提着安文逸脱下的高跟鞋，并肩走在她身边。安文逸裙裾飘飘，秀发轻扬，专注地拿着相机拍着照。飘起的秀发，撩拨在凌风的脸上，带来阵阵清香，不禁让他有点晕眩。

突然，安文逸一声尖叫，左脚一斜，身子向后仰，手中的相机被甩了出去。眼看她就要跌倒，凌风急忙伸出双手，揽住了安文逸的细腰。安文逸仰着身子，被凌风抱在怀里，一脸惊恐。

安文逸柔软的身子，清新的气息，让凌风的呼吸顿时急促了起来，身上似乎有一股灼热的火在烧着。安文逸却还在惊吓中，几秒过后才缓过神来，羞红着脸挣开了凌风的怀抱。

凌风从未这么近距离地挨着安文逸，脸上泛起一阵红晕，紧张地放开了双手。安文逸的一切都让凌风久久沉醉无法自拔，他好想让时间就此停下，永远停留在这一刻，就这样永远幸福地抱着她。

安文逸在凌风的那一抱里，体会到了他的温柔和力量，心里也产生了微妙的感觉。

凌风和安文逸，在轻拂的海风里，在金色的阳光下，在微漾的海面上，两颗心第一次有了近距离的接触，是惊喜的礼物，也是等待的收获。

也许真正的爱情都是如此，没有早一步，也没有晚一步，就在那个刚好的时间遇到了刚好的你。有些人，一旦遇见，便一眼万年；有些心动，一旦开始，便覆水难收。

四

那一天，他们从海滩返回的时候，天已经很晚了。路上，安文逸靠在座位上，静静地睡着了，睡得很甜美，头发散落着，长长的睫毛，纤细而柔美。

车上轻轻播放着理查德·克莱德曼的钢琴曲，凌风开着车，等红灯时看看睡着的安文逸，心里暖暖的。车厢里飘着一丝淡淡的香水味，清新淡雅，那是安文逸的气息，让凌风陶醉。

城市的夜色很美，暖色调的路灯，闪烁的霓虹，黄的、红的、绿的，各种光的色彩如跳动的调色板一样，透过前窗映照在安文逸脸上，恬静而又温馨。

车子到达后停靠在安文逸小区门口的右侧。凌风静静地坐在车上看着安文逸，给她披上一件薄薄的外套。把音乐的声音调到最小，生怕惊扰了安文逸的甜梦。

安文逸在一片寂静中忽然醒过来，双眼还透着些许迷茫，惊声说道："啊，现在几点了？"

"凌晨一点钟，姐姐睡得真香啊。"凌风看了一下时间应道。

"几点到的小区，怎么会这么晚了？"

"十一点到的，看姐姐睡得香，知道姐姐一定是累坏了，所以不忍心叫醒姐姐，让姐姐在车上多睡了一会儿。"

安文逸红着脸，在车上简单梳理了一下头发，便开门下车了。凌风急忙下车打开后备厢，捧出一束鲜花，走到安文逸面前，笑着说："姐姐，谢谢你今天的陪伴。"

安文逸一脸好奇："鲜花从哪儿变出来的？"

凌风压着声音神秘地说："趁姐姐熟睡的时候，到花店买的！"

凌风说完稍稍停顿了一下，轻轻低下头，对安文逸说："姐姐，我喜欢你……"

昏暗的街头，橙黄的路灯下，只有凌风和安文逸的身影。凌风双手捧着鲜花，一边说一边将鲜花递给安文逸。安文逸不置可否，接下了凌风手中的鲜花。

在凌风转身准备上车时，他突然回过头来，一把将安文逸揽入怀中，在她的脸颊上亲了两下，先是左边，再是右边，然后温柔地给了她温暖的拥抱……

凌风突然的拥抱，让安文逸一时没反应过来，呼吸一下子急促起来，情难自已，不由自主地紧紧靠在凌风的怀里。

凌风等待这一刻已经很久了，对安文逸他总是毫无抵抗力。所以在临别的瞬间，他突然鼓起勇气，想给她最温柔的拥抱。

安文逸双手捧着鲜花，被凌风温柔地抱着，却感觉自己快要窒息了……

此刻，仿佛整个世界都荡漾着柔情，溢满了温馨和浪漫。

如果你也喜欢我，就给我一点暗示吧。在黑暗的夜路里，用灯光指引着我，让我知道你在前方等着我。

我一定毫不犹豫地向你跑去，你不用担心我会喜欢上别人，因

为、因为、因为——我把所有的热情都给了你，别人哪还有机会乘
虚而入？

<h1 style="text-align:center">五</h1>

那一晚，凌风返回家中，已近凌晨两点。

那个夏夜，风清凉，月皎洁。凌风在床上辗转反侧，脑海中满满的都是
安文逸，她清丽的眼神，高雅的气质，迷人的微笑，今日发生的种种如电影
中的画面，不停地在脑海里闪现。

他起身走到阳台，昂起头，望着夜空，发现今晚的夜色特别美、星星特
别亮，仿佛周边所有的美丽，都是安文逸的化身。

情不知所起，一往而深。那一夜，凌风失眠了。一抹柔和的月光洒在窗
前，一首有关她和失眠的诗从心底里漫溢出来：

你的柔情

你的每一个跳动的文字

还有你的浅笑，在梦里

煮沸成一首首歌

在心底翻腾

这一夜，为你失眠

黑夜为你点亮了星星

星星为你在夜空写诗

诗的韵律里

流淌着你的飘逸

顺着脉络，点滴成韵

……

第二天，安文逸看到凌风写给她的诗后，留下了温情的诗评：

"……蔓藤的缠绕，柔情的跳动，夜空中的星星，脉络里的思念，满满地点缀姐姐的梦……"

自那以后，两人的诗有了更多的互动。一首首充满爱恋和思念的小诗，在笔尖流淌，倾诉着爱意，慢慢在心底绽放。

诗是凌风和安文逸共同的甜梦，在诗里，两人平添了几分诗意的默契，诗也成了两人增进感情的纽带。

思念如马，自别离，未停蹄。相思若柳，飘满城，尽飞絮。

当凌风思念安文逸的时候，他就会走进她的诗集，细细地品读她的诗，枕着她文字的清香，呼吸着她诗里丝丝缕缕的气息，然后融入梦里，填满心房。

安文逸的诗，天马行空而又意涵丰富，任性洒脱而又不失柔情，每一个字符都像是她的心跳，灵动而有力，精致而优雅，深深吸引着凌风，让他着迷、上瘾。

凌风的世界因安文逸而更加绚丽起来，云朵有了色彩，风仿佛是她的私语，花香好像是她的气息，雨似乎也更加深情……

六

在深夜的寂静里，凌风喜欢望着天空，一本书、一盏茶，让思绪自由飞扬。但自从与安文逸相识之后，他的心已被她全部占据。

窗外下着雨，忽而雷声阵阵，台风的呼啸声越来越大。盛夏是台风多发的季节。

凌风紧蹙起眉头，担忧在城市另一头的安文逸，不知道她有没有被吓到。

台灯下，凌风翻看起两人的聊天记录。当思念安文逸的时候，他常常翻看之前的聊天记录，喜欢她说的每一句话，因为她的每一个字都可以轻易地撩拨他的心弦。

"此刻夜风吹起，有点冷意，有你的怀抱，我就不会怕冷了。"这是安文逸前几天发的信息，他越看便越发地想念她。

想念，是因为距离。因为看不见，所以才会把她的模样在脑海里一遍一遍地翻阅。

"我想你了，你，是不是也在想我呢？"凌风在心里一遍遍地问着。

夜渐渐深了，雨越下越大。凌风站起身，凝望着瓢泼大雨，给安文逸发出一条信息："姐姐，可好？想你，很想很想……"

片刻之后，安文逸回复了深情的信息："外面正在下着好大的雨，透过层层雨帘，脑海里想的都是你，思念如雨点般洒满整个世界的角角落落。"

偌大世界，也许真有不约而同，我们不用互相通知，就做着和对方一样的事。这种默契更像一种只有两个人互相懂得的暗语，我在想你，你正好也在想着我。

想念一个人，是因为那个人也在想你。也许，凌风和安文逸就是这样，彼此的心里都装着对方。

雁过留影，风过留声，爱一个人也一定会留下些许痕迹。

默契是月下未眠的花朵，不会疏离，亦不会凋落。凌风和安文逸在相识的那一天，就宛若久别重逢，默契便是两人无须寻找的同频率的回音。

云雨相融的夜里

有一卷相思

淡淡盛放

深深占满每一个夜晚

无论冷暖，都会想起

彼此眼里的温柔

……

七

七月的一天，凌风接到派驻 F 市的通知。

炎热的晚上，凌风约安文逸在一家咖啡馆里见面。安文逸低着头，慢慢地搅着杯里的咖啡。两人面对面坐着，凌风深情的目光落在安文逸精致的脸上，想把她看个够似的，不轻易眨一下眼睛。

安文逸抿了一口咖啡，沉默了一会儿，抬起头来，对凌风说："可以不走吗？为什么是你？"

"公司已经研究决定了，那边人手不足，不去不行。"凌风顿了顿，接着说，"才两年，时间很快的，我会常回来看你的，姐姐。"

"我才不要，就要你在身边陪着我。"安文逸突然撒娇地对凌风说。

"好，我的好姐姐，我不走，就陪在你身边，每天黏着你，好不好？"凌风调皮地说。

空气里飘着缕缕醇香，凌风和安文逸坐在窗边的座位，消磨着时间。

走出咖啡馆，两人在沿江栈道上停下脚步，并肩倚着栏杆。

凌风轻声对安文逸说："我会想你的，我也舍不得离开你，可是……"

"我不管，反正我就是要你陪着我……"安文逸还是撒娇。

安文逸的话，总是让凌风无力拒绝，他柔声说道："好，好，好，都依你，我的小傻瓜。"

说着便将安文逸一把揽在怀里，强势里带着温柔，他一手搂着她的腰，一手托着她的下巴，先蜻蜓点水地触碰一下她的粉唇，然后就深深地吻住了安文逸。

喜欢你的吻，比风还轻，比雨还细，温柔得像羽毛落入我心中，泛起层层涟漪……

相悦的钥匙

终于打开了思念的芬芳

轻轻地闭上眼睛

等待那一刻心跳的来临

激情中的慌乱

掩饰不住那炽热的一吻

如雪一样晶莹

不染一丝俗尘

唯有那深蓝的爱意

唯有那青葱的纯真

……

八

月光如流水般流淌，风紧裹着整个城市的喧嚣，如明月静水，凝结成一首夏日眷恋的诗歌。

第二天，凌风一睁开眼，就看到安文逸一长一短的两条信息："真的很感恩遇见你，从我来这个城市的第一天，你一直都在默默地陪伴着我。一路走来，也只有你这么陪伴着我，只有你才能读懂我，欣赏我。我也一直欣赏着你的才华，以前都是文字陪伴着我，现在我的生活中又多了一个你，感谢上帝让我们相遇。余生，我们不离不弃，好吗？"

"失眠了……"信息发送时间是凌晨两点十六分。

凌风感动了，忍不住流下了眼泪，回复道："刚醒，才看到你留下的文字，好感动！愿余生陪着你一起失眠……"

凌风抬眼望向窗外，一切明媚的东西都不如心中的她。天格外蓝，风格外清新，阳光格外灿烂，所有的一切都显得格外美丽。

正如诗中形容的："你是我冬天里温暖的手套，夏天里冰冷的诗酒，是带着阳光味道的衬衫，也是日复一日的梦想……我遇到了这个要我命的你，才觉得之前所有的孤独，都是值得的。"

世间一切，皆是为了遇见。

好的爱情，犹如泡一壶上好的清茶，多一分太浓，少一分太淡。

凌风和安文逸，在一个初夏的午后，你正好来，我恰好在，只需那么一瞥，便惊艳了彼此余生的时光。

雷鑫，四川达州人，中共党员。四川省网络作家协会会员，四川省小小说学会会员，四川省南边文艺文学创作委员会委员。多次在国内报刊发表作品，曾获第五届全国大学生牡丹文学奖、甘肃省经济广播频道全国征文大赛奖等奖项。

红绿灯

一

红灯停，江玲第一个站在马路边停下了脚步。她左右扫视了下同学们停下了步子没。老师说过的，过马路红灯停、绿灯行。她的同学们都停了下来，在一旁说着在校园里发生的有趣事情，江玲表示很满意。不过她很快便皱起了眉头，她看见几位买菜回家的老太太贸然踏上了斑马线，两旁的汽车缓行为她们让路。江玲的几个同学看见有人走上了马路，也连忙跟了上去。江玲气得直跺脚。生气之余，她看见在她左手边站着一位老奶奶，手里提着菜，头发已经花白，正在耐心地等待。江玲多看了几眼，这位老奶奶买了不少菜，有花椰菜、白菜、胡萝卜、洋葱，还有两样菜，江玲说不出名字。

绿灯行，太阳的残晖洒在有些许褪色的斑马线上，映衬出夏日的斑驳，老奶奶率先走上去。或许是她年纪大了行动不便，又或许是她的左右腿长短不一，总之她走起路来身子一上一下地高低起伏，她手中提着的菜也跟着一起一伏。江玲紧跟上去，接过老奶奶手中的菜，搀扶着她过马路。老奶奶看向江玲，一脸的慈爱，江玲好像看见了自己的奶奶。

江玲家所在的小区是十几年前的老式建筑，随着红绿灯一起破败下去。江玲最喜欢每天下午做完作业后，趴在她家的窗沿边，数着过马路的人，她会看有多少人红灯停、绿灯行，她会去观察等绿灯与闯红灯的人脸上的表情，分析他们各自都是怎样的人。来往穿行的人很多，她有时候会想起以前奶奶牵着她等红绿灯去上幼儿园的情景，直到有一天奶奶的相片被永远挂在了墙上，她习惯了一个人等红绿灯，安安静静地等爸爸妈妈下班回家。只是有些时候江玲看红绿灯看入了迷，她也不知道爸爸妈妈是什么时候回家的，她只知道爸爸妈妈工作很忙，最近还在因为工作上的事情而争吵。她不敢卷入爸爸妈妈之间的争吵，他们吵他们的架，她安分地吃着自个儿的饭。有时候爸爸妈妈吵得实在是太激烈了，江玲便来到自己的房间，一面吃着饭，一面看着楼下的红绿灯，看着看着，她的脸便有了笑容。

在江玲家的斜对面是一所重点高中，江玲爸爸妈妈希望江玲能够考进去。这样江玲距离考上一所好大学的目标就更近了，起点也就比别人高了一大截。更重要的是，这会让他们在邻居面前很有面子、有炫耀的资本。

江玲妈妈说："隔壁卖茶佬的儿子胖虎，比江玲大两岁，去年考上了重点中学。他们总是在我面前嘚瑟他家胖虎有多优秀，不仅在班上担任班长，学习成绩更是在班级里名列前茅，老师可喜欢他了。卖茶佬还打听江玲学习成绩怎么样，也可以去重点高中上学吧？"

江玲爸爸顺势搭腔："你就告诉他，我们家江玲很优秀，比他家胖虎还优秀。我们家江玲不仅明年要上重点高中，将来还要考北京大学、清华大学，你问他家胖虎考不考得上？"

江玲爸爸转过头问江玲："江玲，你明年有信心考上重点中学吗？"

脑子里还冒着今天傍晚有多少人闯了红灯的江玲听见爸爸的这句话，小小的脑袋摇得跟拨浪鼓似的。在这十五岁的年纪，江玲对自己没信心。

江玲偏科，偏很多科，比如数学，那些枯燥且繁杂的公式是她能够记住的吗？即便记住了，做题的时候脑子一片空白，什么都想不起来。还有物理，她搞不懂到底是哪个可恶的老头研究出的这门可怕的学科，上课的时候她就好像在听天书，牛顿的三个定律从老师从未停歇的嘴巴里蹦出来，跳进江玲的左耳，又从江玲的右耳飞出去了。江玲不知道它们到哪儿去了，可能它们也饿了，找吃的去了吧，毕竟她的肚子已经咕咕叫了好长时间了。

若说学得好的科目，应该是语文，这也是她最喜欢的一门学科。爱屋及乌，在所有老师中，她最喜欢语文老师，她跟语文老师的关系最好了。她特别喜欢刘老师上课的时候当着全班同学的面念她写的作文，第一次念的时候江玲还脸红，不过刘老师念的次数多了，她也就挺直了腰板，变得自信起来，她享受同学们将目光聚焦在她身上的感觉。

但中考不只考语文这一科，她的数学、物理这么差，怎么能够考得上重点高中呢？江玲爸爸妈妈平时忙于工作，根本无暇顾及江玲的学习。其实江玲小学时的成绩还不错，只是自从奶奶去世之后，江玲的学习成绩就不断地下滑，爸爸妈妈只是偶尔在吃饭的时候给她定下一个宏大的目标，要考上重点高中、要当班长、成绩要名列前茅、将来要考上名牌大学。至于其他的关心，在江玲的记忆里好像就没有。反正在江玲的认知里，爸妈除了忙还是忙。

江玲爸爸见江玲头摇得顺溜，有点不高兴了，说："你是我江大海的女儿吗？你爸我每天在外累死累活都还期待升职加薪，你每天就只是学习，连这么容易的事情都做不好？"

江玲妈妈也跟着说："你又不笨，卖茶佬初中都没毕业，他的儿子都能考上重点高中。我是重点本科毕业，我的女儿还考不上重点高中吗？玲玲，你可不要给我丢脸哦。"

江玲不敢搭腔，兀自点点头，安安静静地吃着饭。可是一想到数学、物理中那些乏味难懂的文字与符号，江玲的头就晕得厉害。

如果可以，她真的不想念书了，她从来没有像此刻这样抗拒过学习。

二

老奶奶对江玲表示了感谢，江玲连声说不客气不客气。老奶奶在江玲的视线里渐渐远去，在她难以掩饰的蹒跚步伐里不知道发生过怎样的故事。江玲又想起了她的奶奶。

在她的记忆里，她的整个童年，奶奶是她最亲近的人。爸爸妈妈上班忙，奶奶每天准时送她上学、接她放学。她的奶奶就是个超人，洗衣做饭无所不能，还能轻松应对江玲的刁蛮坏脾气。除此之外，奶奶还会尽可能地满足江玲的要求，即使很多时候江玲的要求趋向于无理，但奶奶的脸上始终洋溢着笑容。奶奶不仅是江玲的家人，还是她知无不言、关系最好的朋友。每当她在爸爸妈妈那里受了委屈，奶奶总是耐心又温柔地开解她，这样江玲就不会那么不开心了。江玲上小学的时候，每当作文要求写家人，奶奶便是她作文里雷打不动的主角。在江玲的作文里，奶奶总是一脸慈祥，毫无保留地对她好。只是奶奶去世之后，她的作文就全是虚构的故事，奶奶永远缺席了。

虽然这只是一个平常的周五下午，但对于江玲来说却宣告着快乐周末的到来，江玲像一尾欢快的小鲤鱼一样在街道里游来游去。她要爬上三楼，赶快回到她的家。她与奶奶约好了，周五放学后一起去动物园看鲸鱼。

才四点多，奶奶在干吗呢？在看电视还是在睡觉呢？不过现在还很早，而且爸爸妈妈今晚不回来，奶奶肯定不是在包饺子，江玲猜测着。果然，奶奶正躺在床上，身体蜷缩着。

江玲不知道奶奶是不是睡着了，就走过去试探着问："奶奶，你的腿又疼啦？"

陈年老风湿是奶奶的顽疾。据奶奶说，她早在家当姑娘时便有了风湿，几十年来反反复复，风湿倒成了陪她最久的"朋友"。

奶奶转过身，温柔地说："小玲回来啦？"

江玲以前问过奶奶，为什么爸爸叫她江玲，妈妈叫她玲玲，奶奶偏偏叫她小玲呢？

奶奶回答说："因为我想要给你与众不同的爱，在奶奶心里。小玲永远都是我的好孙女，是最最最可爱的心肝小宝贝。"

奶奶的这番话，江玲一直牢牢地记在心里。她的同学中，有人叫她小玲，被她严词拒绝了，她说："小玲这个昵称只许我奶奶这么叫我！"

江玲回答道："是的奶奶，我回来了，要不我们今天不去动物园了吧？

你的腿又疼了。"

奶奶起身，笑着说："不行，答应小玲的事儿，怎能出尔反尔呢？小玲，帮奶奶把鞋子拿来。"

江玲与奶奶没多久便出了门。

"奶奶，你走慢一点，我们不赶时间的，来得及。"江玲对奶奶说。

奶奶笑着点头，但是脚步并没有变缓。

"奶奶，优惠券你带了吗？可别忘带了，可以省门票钱呢。"江玲对奶奶说。

奶奶耐心地回答道："放心好啦，小玲，奶奶都带着呢。"

江玲牵着奶奶的手朝着动物园走去，动物园离江玲家不远，仅十来分钟的路程，只要穿过马路，过了这个红绿灯便到了。江玲在马路对面看见了梦璇。梦璇是江玲的好朋友，只不过去年她转学了，江玲很久没有看见她了。江玲会在每次上课走神被老师提醒时想起她以前的同桌梦璇。她看见梦璇正在跟她打招呼，那只胖乎乎的小手不断地来回挥舞着。江玲的脸上溢满了喜悦，那是梦璇，是她许久未见的好朋友！她迈出了轻盈的步子，朝梦璇跑过去。

"小玲！"

江玲听见奶奶在喊她。她还没来得及回头，就感觉到自己似乎被人推了出去，倒在了地上。她的脚踝被蹭出了血。她回头一看，一辆面包车紧急刹车，血泊中躺着她的奶奶。

奶奶不在了，再没人叫她小玲了。自那以后，她爱上了红绿灯，喜欢上了每一个耐心等待红绿灯的陌生人。

在她恍惚之际，发现已经离去的老奶奶不知道什么时候又走了回来。

江玲惊讶道："老奶奶，你怎么又回来了？"

老奶奶笑着对江玲说道："小姑娘，到我家里去坐坐吧。"

江玲感受到了老奶奶的热情，但她还是拒绝了。

"不用了，老奶奶，我刚才只是举手之劳，您不用这么客气的。"

"唉，那好吧。"老奶奶便往回走，走了几步，又转过身，对江玲说道，"其实我是想跟你唠唠嗑的，我一个人住，没人跟我说说话。"

"您家里其他人呢？"江玲忍不住问道。

老奶奶没有说话，只是望了望遥远的天边，然后独自一人渐渐地离去了。江玲望着她那孤独的身影，不自觉地跟了上去。

老奶奶的老伴十一年前因食管癌去世了。老奶奶的老伴是家里的顶梁柱，一辈子勤勤恳恳，没承想最后落得个癌症去世。检查时发现只是食管癌早期，按理来说，是有法子痊愈的，即使保守治疗也能多活个几年。也有病情控制得好的，手术顺利，多活了十来年的。但老奶奶的老伴不舍得花钱，说把钱花在他身上不值当，无论老奶奶如何劝，他都不肯。只是短短几个月的工夫，就已经癌变到了晚期。他为了省钱，拒绝治疗，企图靠一些简单的药物杀死癌细胞。老奶奶看在眼里，疼在心里。不久之后，这个老人瘦骨嶙峋地死去了。死前那段时间，他没有发出一声痛苦的呻吟。

老奶奶有个儿子叫小屏，从小到大不仅听话，学习成绩还相当好，高考也没让人失望，考上了一所双一流大学，照理来说前途是一片光明的。老奶奶的儿子大学学的是计算机专业，大学毕业之后便进入了一家互联网公司做程序员，薪酬待遇在同龄人中还是挺有竞争力的。只不过他尽心竭力地工作了几年，项目丰收的果实却总是被他人窃取，他心里咽不下这口气。恰逢这时，他的一个好朋友说，泰国有一家互联网公司看重人才，不仅薪酬是现在公司的两三倍，晋升渠道也相当透明。如果去的话，他俩可以一起去，那朋友说他在那边有熟人。他动心了，毕竟他还年轻，他想要出去闯一闯，再说了，长这么大，他还没出过国呢。他对老奶奶和妻子提起了这件事。老奶奶举双手赞成，老奶奶疼爱他，从小到大，他大大小小的请求都会在老奶奶这里得到同意。妻子虽然有些不放心，但是拗不过他坚决的态度，也同意了。他对她们说，不到一年，她们会看到一个全新的他。看着意气风发的他，她们不约而同地笑了。他离开了，但从此失联了，这已经是五年前的事儿了。

"你们没有找过他吗？"江玲忍不住问道。

"找过。"老奶奶平静地说着，"在联系不上他的第三天我们就报警了，我们还找了报社、电视台，贴寻人启事，什么样的找人方式我们都试过了，但一直没有他的下落。后来我去过好几次公安局，那里的同志还在劝我，让我不要着急，他们在努力地找，找到会第一时间通知我的。"

"只是，"老奶奶继续说，"半年前的一天中午，我在做饭，听见有人在敲门，我就赶紧去开门，我看见了小屏。那一刻，我差点哭了出来，他瘦了，头发盖住了他的耳朵、他的眼睛，胡须覆盖了他的嘴巴，他的脸上留着几道骇人的刀疤。我正要叫他，他就跑了。无论我怎样在后面唤他，他就好像没有听见，一个劲儿地往前跑，我只好一个劲儿地追他。他拖着一条已经残疾了的腿，狼狈地在大街上穿行，最后横穿马路。我看见那时是红灯，一辆卡车从他身上碾了过去。那是我见他的最后一面，我至今不知道在过去的几年里，他到底经历了什么。"

老奶奶叹了口气："只是可怜了我的儿媳。你应该看出来了，我的腿脚有点毛病，但这不是天生的。我年轻的时候调皮，过马路不看红绿灯，被一辆三轮车给撞了下。幸好那个憨厚的司机刹车及时，我没有受多重的伤，但即便如此，限于当时的医疗条件，我的腿脚想要恢复成同正常人一般也有很大的难度。年纪大了，就连走路这样的平常事也变得越发难了。在小屏失踪一年多以后，我就劝说我家儿媳改嫁，我告诉她：'你还年轻，还有更好的人在等着你，不需要你在小屏身上继续浪费时间，我和小屏都不会怪你的。'她不肯，说什么都不肯。我的儿媳是一名语文老师，在区实验中学教初中，是语文备课组的组长，每年都被评为优秀教师。今年在教初二语文，对学生们很好，好多学生私底下都叫她刘姐姐。"

"她是叫刘慧吗？"江玲问。

"是的，叫刘慧。"老奶奶一惊，"你怎么知道？"

"我猜的。"江玲赶忙回答道。她不会告诉老奶奶，她是区实验中学初二九班的学生。

老奶奶没当回事儿，毕竟刘慧这名字很普通，叫这个名字的人很多。她继续说："我不愿耽误她的青春，毕竟多么好的一个姑娘啊！我假装生气，把她给赶了出去，但是她还是每天下班后来看我，来给我做饭。我黑着脸，全程不说话。我俩就这么来回折腾，最后协商一致，允许她每隔半个月来看我一次，但她得答应我有空了去相亲。后来应我的要求，她倒是发给我几张她相亲的照片，但是这么多年过去了，她身边还是没有别的男人。"

江玲一下子明白了，怪不得没有听说过刘老师有男朋友。江玲还一直纳闷，照刘老师这么好的条件，不仅生得漂亮，还知书达礼，怎么可能单身呢？

江玲不说话，用双手托着下巴，看着老奶奶。

"看来我这儿媳妇是赶不走了，可就是苦了她了。"老奶奶对江玲说，"其实，她爸妈也来给我做过工作，说什么他们家阿慧够对得起我们家小屏了，就放她自由吧，她还这么年轻。他们这番话可就太冤枉我了，我连忙给他们说，我就是这么打算的，可是阿慧不肯，我也没有办法。他俩不信，气呼呼地走了。"

"后来呢？"江玲问。

"后来？"老奶奶说，"后来阿慧爸妈再也没有来过我家了，我也不知道他俩是怎么想的，难道是不想要这个女儿了吗？"

老奶奶看了看墙上的挂钟，对江玲说道："时候不早了，我做饭，你在我这里吃晚饭吧。"

"呀！"经老奶奶这么一说，江玲一下子注意到时间了，连忙说："不用了，老奶奶，多谢您给我讲故事。我爸妈快回来了，我得赶快回去，不然他们该着急啦。"

"这样啊……"老奶奶有些失望。

"老奶奶您放心，以后有空我就会来看望您的，听您给我讲故事。"

老奶奶的脸上浮现出了笑容。

三

江玲讨厌物理、数学是真的，这两个科目她考不及格也是真的。但她喜欢语文，新学期一开始，她便会第一时间将语文课本里的课文阅读完毕，如此还不过瘾，她还会翻开课外读本、语文练习册，在其中寻找有趣的故事。这样一来二去的，她就喜欢上写作了，她内心甚至有着这样一个梦想：长大后，她一定要当一名作家！她在回家的路上就想着，等回家吃完饭了，她一定要将刚才在老奶奶那里听来的故事写成一篇小说。

回家时江玲妈妈已经回来了，正在厨房做饭。

江玲妈妈问江玲："你到哪儿去了？怎么这么晚才回来？"

江玲一时心急得不行，可不能告诉妈妈她去老奶奶家了，要不然准少不了一顿批评。

江玲斟酌了一番措辞后说："数学老师拖堂，拖到现在。"

江玲在心里感谢了数学老师平时有拖堂的习惯。

江玲妈妈一听这话，便没有再计较了，继续做她的饭。

江玲问："爸爸呢，这个点了，怎么还没有回来呢？出差去了吗？"

江玲妈妈本来心情不错，甚至做饭的时候还哼着小曲，但一听到江玲这话，她的脸色便变得不好看了。

"就让他死在外面吧，永远不要回来了！"

江玲问："你和爸爸又吵架了？"

江玲妈妈说："是他吵，不是我吵，他业绩压力大朝我吼什么吼？朝他领导吼去啊！"

江玲不敢掺和了，老老实实地坐在饭桌旁等着吃饭。

做好饭之后过了二十分钟，已经晚上七点钟了，江玲爸爸还没有回来。

江玲问："妈妈，要不给爸爸打个电话吧？"

江玲妈妈没好气道："要打你打！"

江玲乖乖地给爸爸打了个电话，但是一直没人接电话。江玲又打了一遍，还是没人接。

江玲说："没人接。"

江玲妈妈说："不接拉倒，让他死外边吧！我们吃饭，别等他了。"

江玲没敢搭腔，兀自吃着自己的饭。

半小时之后，两人吃完饭，江玲正要收拾碗筷的时候，江玲妈妈的手机响了。

江玲妈妈见是江玲爸爸打来的，顿时气不打一处来，接过电话就宣泄起自己的愤怒："你怎么不死在外面，你给我打什么电话？"

电话那头沉默了好一会儿后，江玲听见电话那头传来的是一个陌生的声音："您好，我是区派出所的，请问您是江大海先生的妻子吗？您丈夫酒驾出了严重的车祸，麻烦您尽快来区人民医院一趟。"

江玲看见，握在妈妈手中的手机滑落在了地上。咚的一声，声响大得好像可以把人的心脏给砸裂。

江玲爸爸在银行工作，职务是客户经理，工作内容主要是放贷。但如今这年头，贷款并不是那么好放的，于是面对那像天文数字一般的贷款任务，江玲爸爸极其头疼。为了能够完成这个月的贷款任务，江玲爸爸好不容易约着了一个大客户，在外面请他吃饭喝酒，本打算趁着对方酒劲上头时，把他拿下。但他哪里知道，酒喝到一半，他接到了行长打来的电话。电话里的意思是行长在外面应酬，酒喝多了，叫他开车去接。江玲爸爸连忙答应，毕竟领导可不敢怠慢。等答应之后才反应过来，他也喝酒了，而且白酒的度数高，此刻他已经是醉醺醺的了。不过，他也管不了那么多了，起身就去接行长，他相信这点酒应该不影响他开车。为了尽快接到行长，江玲爸爸不仅保持极快的速度行驶，还直接闯红灯。江玲爸爸万万想不到横向驶来一辆大货车，将他连同他的小轿车给撞了个四仰八叉。

江玲爸爸没有抢救过来，死了。

自那之后，江玲妈妈便变得不正常起来，经常不去上班，哪怕是上班去了，也早早就回来了。公司以江玲妈妈不能胜任工作为由将其开除了，江玲妈妈没有闹，她安安静静地收拾好东西回了家。她老是走神儿，尤其是做饭切菜的时候，总是不小心切到自己的手。这让江玲害怕极了，说什么都不让妈妈进厨房了。

不过还好，江玲妈妈这样反常的状态并没有持续多久，一个多月后，江玲妈妈就恢复正常了。江玲妈妈换了一份新工作，在新公司继续发光发热。

不知道哪一天，江玲妈妈带回来了一个男人，对江玲说："这是你张叔叔，快向张叔叔问好。"

江玲怯生，没有喊。

江玲妈妈讨好地对那个男人说："这孩子没礼貌，你别往心里去啊。"

那个男人笑着说："怎么会，这小孩子怪可爱的。"

江玲对那个男人说："我不是小孩子了，我十四岁了，马上就要上高中了！"那个男人尴尬地对江玲妈妈说："这孩子还挺有个性的！"

一个月后，江玲妈妈和那个男人结婚了。江玲知道，她又要有爸爸了，还多了一个弟弟。

只是，这爸爸对她并不是很好，他把他的爱都给了她那个异父异母的弟弟。

江玲更加喜欢趴在窗口数闯红灯与等绿灯的人了。

四

不知从什么时候起，大概是从爸爸去世之后，从妈妈与那男人结婚之后，从她多了个没有任何血缘关系的弟弟开始，江玲好像不再那么讨厌数学和物理了。由于之前在数学和物理上的不争气，江玲并没有考上重点高中，这让江玲妈妈变得更不高兴。后来江玲听了妈妈与后爸的建议，选了理科。她没有听他们讲诸如学理科可选的专业多、学理科好找工作、学理科找的工作工资高之类的理由，她只听见他们说你要选理科，然后就答应了。他们说你不要当年级倒数，你要做年级前几名，要给你的弟弟做榜样。江玲便没日没夜地学习，她把对数理化的不喜欢统统埋进心里，然后拼命地想要在上面种上种子，让它生根、发芽，长成一棵棵参天大树！江玲的学习成绩不断变好，短短半年时间，从年级一千两百多名跻身年级前十名。

江玲后爸对她说："你不要搞你那狗屁不通的小说了，没人看的，又赚不了几个钱，别写了，好好学习。"

江玲听了他的，她把满肚子的辩解之词用一杯杯水活活淹死。

江玲后爸还对她说："对你弟弟好点，平时多关心一下你弟弟。"江玲也点了点头。

江玲争了气，高考考上了一所重点大学。上大学之后，江玲后爸让她不要谈恋爱，女孩子大学谈了恋爱被人甩了，结婚没人要的。江玲点了点头。大三的时候，江玲遇见了一个男孩子。这个人的善良与温柔在第一次与他见面的时候她就感受到了。男孩子对她很好，万事迁就着她，能够容忍她的一切坏脾气，眼里全都是她。他向她表白，她答应了。大学之后，江玲将这个男孩子带回了家。

江玲妈妈对男孩子很满意，满脸的笑意。但江玲后爸并不高兴，当场发飙："你这是干什么？我不是告诉过你大学不要谈恋爱吗？"

江玲冷静地说："这么多年全是你做主，我想要自己做一回主。"

江玲后爸忍不住了："你谈恋爱了，你弟弟怎么办？"

这句话仿佛晴天霹雳，江玲回问道："什么意思？"

江玲后爸说："你弟弟和你没有血缘关系啊，还能有什么意思？"

江玲没有说话，拉着那个男孩子的手离开了。

江玲妈妈跑出来劝她，让她不要这样。江玲平静地对妈妈说："妈妈，跟这个男人离婚吧。"

江玲没有等她那个亲爱的妈妈给出答案，而是牵着她心爱的男人的手往那处熟悉的红绿灯走去。

一个头发花白的老奶奶规规矩矩地站在路旁等红绿灯，江玲的记忆里立刻浮现出一个老奶奶慈祥的模样。她与男朋友一同去了老奶奶的住所，敲响了门。

开门的是刘慧。刘慧一惊："江玲，怎么是你？"

江玲笑着说道："刘老师，我和你妈妈可是朋友哦。她人呢？"

刘慧说："她去了。两年前的一个晚上，心脏病发作，就这么走了。"

男朋友

黎贞的五个男朋友我都认识。虽然名字记得不太清楚了，但好歹还有些印象。

我最初对黎贞是有一点点的嫉妒的，只不过后来变为了同情。

大一刚开始成为她的室友时，我就知道她已经有了男朋友。她每天晚上打电话可以聊到凌晨两点多。其实那个时候，睡在床上听着那一句接一句的甜言蜜语，心里是很不好受的，我翻来覆去，都睡不着觉。

后来了解到，她的男朋友是叫荷西还是荷东（姑且叫他荷西），是她高中同班同学，在读高中的时候，彼此心里就有了那么一点想法。只不过那时学生都要以学业为重，更要紧的是班主任管得严，毕竟早恋是不被允许的。他俩成绩不算多好，班上中等水平，稍不注意，考上本科是很难的。他俩相互约定，高考之前先不去考虑这事，一起好好努力，考上同一所大学，然后再谈一场风花雪月的恋爱。

不过，他俩虽没确定关系，但和恋人已没多大差别了。毕竟每逢下课，不是她去找他，就是他去找她。每天放学吃饭的高峰，他会先一步跑去把饭给她打好，然后她慢慢地走去食堂。

据她说，那个时候班上的同学都很羡慕她，她一度认为自己是世上最幸福的女孩。

后来真的如他们所愿，两个人考进了同一所大学。在大一的第一个月，我们几乎每天都一起吃饭，当然荷西也在。

荷西长得高高大大的，虽然没有多帅，但不知道为什么，我总感觉他的眼睛能够迷乱人的心智，所以我几乎从不敢直视荷西。或许他真有迷乱人心的能耐，因为黎贞告诉我，她与荷西进入大学后没多久就同居了。

不过荷西情商还是挺高的，每次来见黎贞，除了有一份是黎贞的专属礼物之外，我们这些室友也能够很幸运地收到一份礼物。

后来关系渐渐熟了，当不想起床时，我们便叫荷西顺便给我们也买一份早点，他也没拒绝。

只是有一天，黎贞哭着回来，眼睛都哭肿了。无论怎么问，她都是一声不吭。

在我的安慰之下和她断断续续的言语之中，我们逐渐明白了事情的原委。

原来荷西当着黎贞的面，握着一个女孩子的手对她提出了分手。黎贞看着那两只手紧握在一起，好像没什么可以将他们分开，就好像当初的她与荷西一样。

她没吵没闹，抿了抿唇，努力转过身，说了句"行"，然后跑走了。可是当跑过一个转角时，黎贞就呜呜地哭出了声。

接下来一段时间，黎贞一直无精打采，好像这世上再没她在意的事情了。她对那个男人付出了真心，他是她的初恋，她曾经渴望和他从校服走到婚纱再走到白头。

那一天好像是周日，我见窗台旁的黎贞眼角又挂起了眼泪，我以为她又想起了什么伤心事，走过去打算安慰她，结果看见楼下荷西搂着一个女孩子走过。

我十分气愤地大声骂了一句，可惜距离太远，他没听见。

黎贞慢慢地说道："这不是我那天见到的那个女孩。"

一天之后，黎贞向我介绍了一个男孩，比我们高一届。黎贞说，这是她的男朋友。

我以为她已经走出荷西的阴影了，可事情的真相并非如此。

一个礼拜之后，黎贞身边的男朋友已经不是那个学长了，而是与我们同级的一个男孩。大学四年，黎贞一共谈了五个男朋友。第五个男朋友由于大四要毕业了，只谈了三天，二人就各奔东西了。

当然，这只是我知道的，那些我不知道的，应该还有很多。

我曾经问过黎贞，问她为什么变成这样？

她对我说了一句让我摸不着头脑的话："我要让他明白，并不只是他一个人有魅力，我也有很多人喜欢。"

大学毕业，黎贞没有读研，从她与荷西分手之后，成绩就直线下降。

不久，听说荷西结了婚，我问她："你还爱他吗？"

她笑着回答道："爱呀，怎么不爱，你看我这几年爱了多少男人？"

后来，黎贞去了 KTV 工作，我去读研了，不知道什么时候就断了联系，只是不久前在春熙路与她偶然相遇。

她问我："结婚了吗？"

我笑着回答道："结啦，孩子都能打酱油啦，你呢？"

"没呢，不过有男朋友，"黎贞回答后，又补充了一句，"是很认真的那种。"

"你年纪不小了，都快三十五了吧，怎么还不结婚呢？"

"他向我求过好几次婚啦，不过你应该熟悉我，像这样的我，怎么配得上他呢？不过我妈催得真是紧啊，她老早就想抱孙子了。"

她说完顿了顿，目光投向一旁手挽着手，与她擦肩而过的小情侣，恍然间露出羡慕的神色，说道："要是青春可以重来该有多好啊！"

天真与现实

天真算是我的同学，同院不同级，大三那年去接新生，接的就是天真。她这人特热情，一口一个学长地叫。即便那时我刚失恋，整个人异常消沉，都提起了兴趣给她搬行李。随后我成了她的向导，带她了解学校的方方面面，后来学习上她有不懂的问题也会问我，再后来我们几个好朋友经常一起约出去吃饭。

她还经常跟我谈她的理想，她说："大一玩了一年，大二就要好好学习了。现在就业压力这么大，我要考研。"

那时候我快毕业了，不置可否地笑了笑："你真有志向。"

"那肯定！"她眯着眼睛，笑着回答我。

我看见她的眼里有光在跃动。

天真有一个男朋友，谈了好几年，二人很有缘，高考之前就确定了恋爱关系，之后居然考到了同一所大学。

她告诉我，她和她男朋友形影不离，她要干啥，她男朋友就会干啥。

她笑得很甜蜜，脸上是那种正处于热恋之中的人脸上才会有的神情。

后来我忙于找工作，她学业也紧，联系便没有之前那么密切了。

五年之后，我在一家图书公司做编辑，接到了很久都没跟我联系的天真的电话。

"学长，你可以帮我找一份工作吗？"

"你不考研了？"我至今都忘不了当初那个志存高远的女孩子，她对我说："我要活出不一样的自己，我要考研。"

"考了，没考上，家人催得紧，到处找不着工作，所以就想到学长你了。"

"现实呢？也要给他找一份吗？"我问道，现实是她的男朋友。

以前天真经常带他一起出来吃饭，两个人之间的关系很好。我曾经跟他开玩笑："你这小子将来大有作为，到时候可不能忘了天真啊！她这么好的一个女孩子，你看你俩坐在一起多么般配啊。"

"怎么会呢！"他没有多想便回答，"我和天真可是青梅竹马，我俩之间的情谊胜过牛郎织女，我怎么会对不起她呢？"

"啊，不必了，"天真回答道，语气中有一丝黯然，"我和他早分了。"

"分了？"我讶然。

"分了，他考上了研究生，我没有考上。毕业之后他进了一家大公司，被老板看上了，成了他的女婿。"

"他这人怎么这样？"

"我不怪他的，分手的时候他一直对我说对不起，他说最爱的人是我，这一切都是迫不得已。"

"在这之后，你没有再谈恋爱吗？"

"没有，遇不见合适的人。"

其实我知道，她还没有从过去中走出来。在我的介绍之下，天真成了我的同事，平时工作兢兢业业，很受同事们的喜欢。我经常对天真说："天真啊，你年纪也不小了，是时候考虑一下个人的问题了。"

不过她每次都回避我的问题，从不正面回答，我也只好作罢。

只是不知道从什么时候开始，她和我们老板走得很近，突然有一天，传出了他们要结婚的消息。

我把她拉到一边："你怎么和我们老板走到一起了？你知不知道他结过多少次婚了？他都五十多岁的人了，你清醒一点，你不是说工作稳定之后还要考研吗？"

"不考了，现在我已经不那么天真了，再说我觉得他挺好的，我就是喜欢他。"

我摇了摇头，既然天真已经找到了自己的幸福，那么我还多管什么闲事呢？之后我们便没有共事的机会了。天真结婚之后，穿着打扮开始时髦起来。再之后很快就有了孩子，生活过得相当幸福。

几年之后，我因为工作的原因去采访一家公司的老板，在采访之前自然要准备一些资料。不过令我惊讶的是，这个老板不是别人，正是现实。

一旁的同事看见我要采访现实，对我说道："你要采访他啊？这个家伙没有什么好采访的，完全是找了一个靠山而已。"

"此话怎讲？"

"据说这个现实啊，原来只是一个穷酸的研究生，因为喜欢拍老板的马屁，被老板看上了，后面相当器重，便将女儿嫁给他了。现在当上了老板，都换了好几个女朋友了。"

"他岳丈呢？"

"早得病去世了，不然也轮不到他当老板啊！最开始那几年还好，后来就看不惯自己的妻子，嫌老、嫌脾气差，直接离婚了。现在他追的女孩子一个比一个漂亮，一个比一个年轻。但你还别说，那些女孩子大多还偏偏喜欢往他身上靠。对了，你听说没有？"

"听说什么？"

"我们老板和天真离婚了，据说是老板喜欢上了另一个漂亮的女孩子。"

正在这个时候，同事的电话响了起来。

电话一接通他便惊叫起来："死了，死了！"

我一惊："谁死了？"

"天真！死了，从二十八楼跳下去了。"

遗　憾

　　王大柱他爹死得早，他娘身体不太好，家里穷得叮当响，上学全靠七大姑八大姨接济。不过王大柱倒也争气，高考那年考上了省城的大学，毕业后进入了一家国企。

　　王大柱这人打小聪明机灵，没干几年，便混了一个主管来当。过了几年，在省城买了自己的房子，娶了打小在省城长大的媳妇。

　　当王大柱将一切安顿下来之后，他跟媳妇商量："俺想把咱娘接来和俺们一起住，你也知道，俺娘身体一直不太好，她一个人住在老家孤零零的。"

　　"行啊，"媳妇把筷子砸向桌子，将旁边的小宝吓了一大跳，"将你娘接来完全没问题，那我也要将我爹娘接来。"

　　"这……你爹娘还有人照顾，你有两个哥哥，可是俺娘只有我一个儿子，她一个人，没有人照顾，而且连个说话的人都没有。何况俺们家还有一间空屋。"

　　"那你就做白日梦吧，你吃不吃？不吃我倒了。"媳妇瞪大眼睛对王大柱说道。

　　王大柱与媳妇是在公司认识的。初识那会儿，她不仅长得漂亮，对他态度也是相当好。可是自从结婚以来，特别是生下小宝以后，整个人便变得很暴躁，一言不合就发火，令王大柱有一些发怵。

　　"要吃要吃。"王大柱赶紧扒拉了几口饭，又试探着对媳妇说道，"俺娘说，为了不让俺们对工作分心，她可以帮着照顾小宝。"

　　媳妇看了一眼旁边的小宝，对王大柱说道："我看是你娘想看孙子了吧？"

王大柱憨憨一笑，起身来到媳妇面前，软磨硬泡了好一阵，她才答应下来。

"不过事先得说好，小宝要上小学的时候，我就将小宝接回来。"

"得嘞！"

王大柱心想，走一步看一步吧，万一到时候事情有了转机呢？

之后夫妻二人便忙忙碌碌地投入到了工作当中，每天晚上回到家都疲惫不堪。不过，王大柱经常看见媳妇趴在窗台上，看着楼下的孩子被接回家，这时王大柱就会走过去，将一件外衣披在媳妇的肩上："天凉了，早些睡吧。"

两年时间过去，小宝也该上小学了。初秋的一天早上，媳妇早早就起了床，将王大柱叫醒后往乡下赶去。

"小宝啊，你去了城里要听爹娘的话，知道吗？"王大柱的娘摸了摸小宝的脸，"想奶奶了，给奶奶打电话啊。"

小宝的脸上淌着泪："奶奶，我不想离开你。"

"傻孙子，你爹娘很想你呢。"

王大柱揉了揉鼻子："娘，不如你和俺们一起去城里吧？"

旁边的媳妇心一紧，拧了一下王大柱的左胳膊。

"不了不了，娘老了，你们年轻人有自己的生活，我去了只会打扰你们。"

媳妇对王大柱的娘说道："娘，时候也不早了，您不要送了。我们就先走了，过年会回来看您的。"

说完便一手牵着小宝，一手拉着王大柱走了。

王大柱不停地回头，这个时候他才发现，原来娘的身影是如此渺小。

"娘，我们为什么不将奶奶接去和我们一起住啊？奶奶生病了，我走了，就没有人给奶奶拿药了。"

"小宝，走路不要说话，车已经到了，我们快上车吧。"

王大柱看了媳妇一眼，鼻子有些酸。

　　四个月之后，临近春节的时候，王大柱接到了一个电话。

　　"大柱啊，你赶快回来，你娘去了好几天了，你怎么还不知道啊？"

　　国辉，苏州市作协会员，青年作家网签约作家。已出版长篇小说《安宁》。长篇小说《琥珀姑娘》荣获 2021 年全国青年作家文学大赛一等奖，散文《对不起》获 2019 年知音故事写作大赛铜奖。剧本《安宁》入围中国电影基金会、新华网股份有限公司共同主办的"2019 青年电影人培养计划"决赛。本文节选自《琥珀姑娘》。

借 钱

"大一有同学拖欠学费的，回去跟家人好好商量，大二开学至少要把大一的补上……"张辅导员的话像无数根针扎在安宁心上。

安村女孩都是初中毕业后就跟人去珠三角或者武汉打工，再或者学习理发裁缝等手艺，有亲戚在县城开店的话，帮人家看店也是很不错的工作。

安宁为了读高中，家里早就鸡飞狗跳了。继母一心盼着她初中毕业就去打工，所以当她考上了升学率几乎百分百的重点高中时，继母就以"离婚"做威胁，而安宁第一次违拗父母的意愿，是以绝食相抗争。

憋着气的安宁，高中三年闻鸡起舞，没钱就啃馒头，喝免费的西红柿蛋汤，病了就硬扛……高考前一天，安宁想起继母的话失眠了："考不上本科就去打工，供你妹妹读书，以后供她读大学！"以至于安宁发挥失常，本来能上一本的成绩最终才勉强上了二本线。

她以为考上大学就好了，没想到还是为钱所困。学费每年三千六百块，安宁才交了两千块，而这还是升学宴上七大姑八大姨和村里人你一点我一点地凑的。父亲安为国没有一技之长，家里三五亩薄田的收入只能勉强维持温饱。安宁考上大学后，他干脆带着继母远赴山西打工去了。

六月的紫薇花开得正旺，空气里都是分别的味道。安宁看着或依依不舍或踌躇满志告别校园的师兄师姐们，心生羡慕和惆怅，还不知道自己能不能坚持到毕业呢！山西的山里信号不好，父亲又没手机，安宁只能等父亲一个月打一两次电话到寝室。因此安宁常常提心吊胆，一看到报纸上的矿难，哪怕是国外的，都忍不住胡思乱想，好几天暗暗垂泪。

退学吗？舍得吗？走到这一步不容易！

不退学吗？那要是父亲遇到不好的事情了呢？自己可就成了孤儿了！

唉！女孩子读书，怎么就那么难啊！

找父亲要钱吗？可是真没钱啊！更怕学校要求回家拿学费……

晚上，安为国打来电话："安宁，你妈回家了，我还在山西。我让你妈带了九百块给你，先用着。"

"爸爸，我大二的学费还没交呢，大一的也还没交齐……"安宁欲言又止。

"学费先欠着，生活费找你妈。"安为国不耐烦，"助学贷款怎么还没下来？"

"我也不知道啊。"安宁叹气。

"你也要想办法挣钱啊，十八岁的人了，老指望我是不行的。"安为国又说，"奖学金拿到了起码可以当生活费吧？你高中成绩也不差啊，怎么现在就拿不到了呢？"

我要报中文，还不是你逼着我报的英语，安宁在心里嘟囔，却不敢真的说出口，只好敷衍道："知道了。"

到了家门口，安宁拍拍脸，强迫自己笑起来，推开门，继母正和村里人在家打麻将。

"妈，我回来了。"安宁小心地打招呼。

"嗯，把饭煮上，再去地里摘点菜，喂一下猪，撒一把米给鸡。"继母目不斜视，"九条！"

"哎！好呢。"安宁赶紧回答。

干完活儿，安宁小心翼翼地问继母："妈，爸爸说给我留了九百块，您知道在哪儿吗？"

继母冷笑："一进门就要钱，当家里是开银行的吗？有本事自己找！"

安宁站着不敢动，见继母不再说话，只好进屋找，找了半天没找到，只好再问："妈，我没找到，爸爸说卡交给您啦。"

"什么卡？老子跟了你爸简直瞎了眼！就有个破烂房子住，老子的姑娘到现在都是老子自己供，他连一分钱都要给你！"继母冷不丁开始咆哮，"老子凭什么不能用他的钱？啊？那是夫妻共同财产！凭什么说那钱是你的！"

"妈，我没说您不能用啊，只是爸爸说这是我大二的生活费，没钱我就没法读书了，我……"安宁努力忍泪。

"老子不知道，你有本事给他打电话啊！你看你就是扫把星，一回来老子就输了！"继母气不打一处来。

"妈——"安宁轻轻哀求。

"安宁，要我们邻居说的话，你那烂学校不读也好，现在当老师有什么出息啊！"牌友 A 火上浇油。

"嘿，就是！安宁啊，姑娘读得好不如嫁得好！你别不服气。"牌友 B 幸灾乐祸，"我表姐的女儿，初中毕业找了个大款，彩礼就给了十万，啧！啧！你看你都十八岁了还找家里要钱！"

"就是啊，安宁，现在北大的都在卖猪肉，你读出来能找得到工作吗？找不到工作，这么多年不是白读了吗？你家这么穷，你妈也是为这个家好……"牌友 C 也落井下石。

她们七嘴八舌地看笑话，安宁深深吸了口气，背上包后往外走。

继母一挑眉毛："这要去哪啊？读个大学，家里就容不下你了？"

"借钱！读书。"安宁咬牙。

"哟，你是清华大学的吗？还借钱，想得美！亲戚都这么穷，我们大人出去都借不到，何况你呢！"继母冷嘲热讽，见安宁头也不回，悻悻道，"借不到钱别回来！在哪家借到了告诉我一声，我也去给你妹妹借学费！"

七月的骄阳晒干了安宁的倔强和傲气，站在热浪袭人的盛夏里，她像是迷失在茫茫沙漠里，不知道要坚持多久才能看到水源，更不知道往哪个方向走，只有长长的疲惫的影子默默相伴。

又渴又饿的安宁站在路上茫然地想了半天，决定去姨家。

幼时的盛夏，姨和姨父从早晨到中午都猫在山里伐木。笔挺的松树卖作屋檩，歪头巴脑的晒干当柴火。树林阴且闷，密不透风，被荆棘刮伤是小事，被蛇咬蜂蜇才是大事。每次回来，姨都像被从水里捞起来一样，浑身湿漉漉的，静坐好一会儿才能缓过气。即便如此艰难，她每个暑假仍接安宁来玩儿，还给安宁零花钱，继母也因此对姨很有意见，怨她把安宁给惯坏了。

安宁拖着步子往姨家挪，山里依旧蝉声如瀑。

"汪汪！"姨家的小黄狗叫了几声，待看清是安宁，便跑过来拼命摇尾巴，拽着安宁的裤脚往家里拉。

安宁心里紧绷的弦一下就松了，含泪笑着蹲下来抚摸它："也就你和你主人欢迎我了，对不？"

"谁啊？"姨熟悉的声音传来，"哎呀，是安宁啊，进屋进屋，放暑假啦？"

"姨——"安宁强忍的泪无须再忍，扭过头去，"我能在你家住几天吗？会麻烦你吗？"

姨一见安宁这模样，赶紧安慰她："哎呀！住一年，住十年都没问题，我家的门永远给你开着，进屋！"

听说安宁还没吃饭，姨围上围裙就进了厨房。安宁靠着门框，愣愣地看着远处的山峦，小时候总想知道山的那边是什么，现在走出了大山，却更加迷茫了。

不一会儿，姨将汤圆端来了。安宁望着汤圆，用筷子挑起来一个看看，再挑一个看看。要是这汤圆能卖钱多好，一个一百块，十个一千块，就算不能凑够学费，起码生活费是不愁了，唉！

"怎么了？没胃口吗？那你想吃什么，我再去做。"姨看看安宁无精打采的样子，作势又要进厨房。

"姨啊，不是呢。"安宁低下头咬了一口汤圆，眼泪不争气地掉下来了，姨一直知道自己喜欢汤圆，可是这碗汤圆却帮不了自己。

"你这是怎么了？"姨心疼地帮安宁拿来纸巾，吸吸鼻子，"你后妈又骂你了？"

"嗯，我爸在山西联系不上，他让我妈给我带了九百块钱，我妈不给我。我连回学校的路费都没了……"安宁双手捂脸。

姨怔了怔，深深叹口气："唉，安宁啊，不瞒你说，前天你表兄来借钱买房，我们也一分没借呢。山里人挣钱难啊，你表姐刚出嫁，县城又没地，粮食和菜还是我们帮衬呢。现在又不比前几年，前几年卖一棵树吧，还能挣个百十来块……唉，姨是真没本事啊！"说着也掉泪了，叹息道："姨没本事呢！"

安宁见姨也哭，急忙打起精神："姨，没事，我会有办法的。"

"你有什么办法呢？"姨将电话递过来，"给你爸打电话吧。"

"他也没钱，打给他还要害他们吵架。"安宁勉强笑笑，装出胸有成竹的样子，"我自己解决！"

去哪里借呢？安宁失魂落魄地躺在床上，将亲戚一个个梳理了一遍。诚如继母所言，大家都是农村人，哪有闲钱？万籁俱寂，山里的夜黑得非常彻底，连半点月光都没有，就像安宁现在的处境。

高中时也偶尔找闺密借生活费，最多二十来块，也能及时还上。可现在一开口就是几千，而且不知道什么时候能还上，谁会借呢？舅舅？好歹有血缘关系，就算借不到，可也不会听到太难听的话吧？安宁在心里千百遍给自己打气，打定主意先去舅舅家碰运气。打定了主意后，很快就沉沉睡去了。

那排白墙红顶的小屋是自己三岁之前住的，那里有姥姥悲凉的微笑，也有妈妈的青少年时光。安宁幼时所有温暖的记忆都在这里，可现在，姥姥去了，当家的是舅妈。一想到借钱，安宁痛苦得每一步都像美人鱼踩在刀尖上。恨不得把平时一百步的距离走成一万步。

来去的村里人跟安宁打招呼，她都很不好意思，觉得人家像是知道了她要来借钱一样。终于到了门口，不得不扯起笑容："舅妈，我来了。"

舅妈也在打麻将，安宁一一打过招呼后就去看电视了，心浮气躁地换了一个又一个台，里面咿咿呀呀地唱着，欢声笑语地闹着，歇斯底里地哭着……她就那么心不在焉地虚飘飘看着，琢磨怎么开口。

到了中午，牌局散了，舅妈问："安宁，放暑假了？"

"是的，舅妈。"安宁眼疾手快地帮忙择菜洗菜，曾经年少不懂求人的难处，这一刻她忽然懂了。不懂吧，张口借钱还有无知者无畏的傻气；现在懂了，就心酸得更难开口。

"在学校还习惯吗？"舅妈又问。

"还好。"安宁问一句答一句。

中午，舅舅也下班了。

安宁一口饭含在嘴里，眼神飘忽，也不夹菜。

舅舅发现她的异样了："安宁，吃菜啊，舅妈做得不好吃吗？"

安宁一惊："不不不，很好吃，是——学校催学费，我大一的学费就没交齐，现在大二又没学费……"

舅舅一听就明白了，看看舅妈，又看看安宁："你爸也是的，他在山西打工的钱呢？明知道你马上要交学费，没给你钱啊？"

"我爸叫后妈带了九百块给我，但是她不给，我连回学校的路费都没了……"安宁不得不说了。

舅舅默默放下饭碗，出去给安为国打电话，可连拨了好几个电话都没接通。

舅妈只是慢慢吃饭。

安宁看看舅舅，又看看舅妈，眼里亮起来的光又熄了，哪怕只能听到安为国的骂也好啊！至少说明，自己不算孤军奋战，而且也没有说谎。空气静得安宁吃也不是，不吃也不是。

舅妈终于打破了沉默："安宁，你们学校没有助学贷款吗？也没有勤工俭学岗位？"

"舅妈，大二才有勤工俭学岗位呢，而且助学贷款的名额不多，要有贫困证明才能拿到。"安宁赶紧回答。

"哦，不是舅妈说啊，你看现在北大的都在卖猪肉，国家哪里需要那么多大学生啊！就你那个省立师范，到时候找得到工作吗？"舅妈几句话就把安宁的小心思堵了回去。

安宁确实没底气，但更不甘心没争取就放弃："舅妈，我是英语专业，除了当老师还能做翻译、导游什么的呢。"

"哦，做老师、做翻译、做导游都要英语六级吧？那你的英语证书拿到几级了？"舅妈皱眉反问。

安宁张了张嘴，没答上来，眼皮慢慢垂了下去，看着碗里的饭菜发愣。

"你少说几句。"舅舅忍不住说了舅妈一句，又叹气，"安宁，你需要多少钱？"

"舅舅，我一年学费三千六百块，四年得一万四千多，我爸交了两千块，还剩一万两千多……"安宁一边偷看舅妈脸色，一边竹筒倒豆子似的把心里话倒出来。

舅妈横了舅舅一眼，赶紧截住："安宁，你一张口就是一万多！农村谁有一万块的闲钱等人借的？你是不知道你舅舅那个厂这几年什么效益！你现在大二吧？"

"嗯嗯，大二。"安宁放下碗筷，如坐针毡。

"好，你弟弟现在高二，等他读大一你就大四了，那时候我们没钱供他读书的话，你拿什么还？你那时候都还没工作呢！"在舅妈连珠炮似的质问下，安宁不得不起身背包："舅舅舅妈，那我先走了。"

"不吃了晚饭再走吗？"舅妈松口气，"只要不借钱，你在这里吃喝几天还是可以的。"

"不用了，舅妈，我走了。"一出门，安宁的眼泪就流下来了。

"你不借钱就算了，说话那么难听干什么？"舅舅压抑着愤怒问道。

"难听？你看看安哥，以前跟你打工，三天打鱼两天晒网，指望他还肯定不行！安宁还要三年才毕业，毕业找不找得到工作哪个知道？现在多少找不到工作的要爸妈养！我还不是为了这个家！"舅妈针锋相对。

安宁捂住耳朵跑了起来。

"安宁！"舅舅骑着摩托车追出来，"我带你去办贫困证明吧。舅舅别的帮不上，只能出点力了。你爸也是的，不该让你为难的！也不怪你舅妈，这几年厂子确实效益不行了，唉！"

摩托车在一排三间的小平房前停下。里面烟雾缭绕，麻将哗啦哗啦的声音很刺耳。

舅舅堆起笑脸往屋里走，一边大声招呼："王哥在不在？"

安宁立即紧紧跟上。

见安宁进去，那些中年人开始交头接耳：

"这是谁家的姑娘啊？长得真俊，不知道说婆家了没？"

"哪个知道呢？小一辈的都在外面，虽说你看着她长大的，但过几年还是不认得。"

"女大十八变嘛，是安为国的姑娘，我想起来了，听说在什么师范读书呢。"

……

安宁听他们肆无忌惮地嚼舌头，又恼又窘，固执地退到门边。被舅舅叫"王哥"的人是村主任，个子不高，眼神凌厉中透着精明，叼着舅舅递上去的烟，上下打量安宁，淡淡地问："什么事？"

"王伯伯，我是安为国的姑娘，我叫安宁，现在在省立师范学院读书。这次想请您开个贫困证明。"安宁将一路组织好的语言麻利地倒出来。

村主任似笑非笑："你爸妈都在，无病无灾，怎么能算贫困呢？"

这句话噎得安宁脖子都红了。

"王哥哟，说出来不怕您笑话。"舅舅赶紧赔笑脸，"我姐死得早，我姐夫那样子您不是不知道。现在跑到山西，鬼叫都不应，电话打不通。唉，安宁偏又会读书，现在没贫困证明就不能搞助学贷款。您说，我们做长辈的，总不能眼睁睁看她半途而废啊，我们没本事，只能来给您添麻烦啦！"

村主任听了，进去拿了公章开始写介绍信。

"兹有湖北省岭城市森城县御河办事处安村学生安宁，2002 年考入湖北省立师范学院英语系本科就读。因父母多病，家里还有读高中的妹妹，几亩薄田无以为生，难以负担她一年三千六百块的学费，特开此贫困证明。盼贵处酌情处理。安村村委会。"

安宁捧着证明如获至宝，小心翼翼收好，向村主任深深鞠了一躬。

虽然拿到了贫困证明，但路费和生活费还八字没一撇呢，还得借钱去。

安宁将父母的长辈和表兄妹也一个个梳理过去，最终只想得到市里一个远房亲戚。但是至亲都不肯帮忙，人家愿意帮忙吗？还不知道什么时候能还上，会不会去了也是自讨没趣？唉，难道有其他选择吗？

试试吧。

从县城到市里要坐大巴。

上了汽车，安宁觉得自己又要去低声下气了，想下车不去了。可一下车，这唯一一点希望也没了，只好磨磨蹭蹭又上车。平日不晕车，但今天闻到空调冷飕飕的味儿只觉得反胃，下车，上车，下车……

"哎，我说你到底走不走啊？要开车了！"司机不耐烦了。

安宁只好硬着头皮上了车。

车缓缓驶出车站，安宁想小睡一会儿逃避现实，可脑子却清醒得很。眼睁睁看着车驶出车站，走走停停又上来几个人，终于拐上了高速。她捏了捏口袋里仅剩的钱，嗯，刚够回来的车费。车里放着声音嘈杂的港台动作片，信号不好，不停卡顿，根本没法看。不一会儿，大家就东倒西歪地睡去了。前排椅背上是白底蓝字的"治妇科病，到某某医院"的广告，安宁百无聊赖又不敢睡觉，翻开了随身带的《小王子》。

"如果有一个人爱上在这亿万颗星星中仅有的一朵花，这人望着星空的时候，就会觉得幸福。"安宁抬眼望天，有飞机遥远地飞过，这一刻，想到青梅竹马的李泽涛。对，万一……我还有他，安宁心里略有安慰。

终究还是到站了，安宁被推搡着下了车。这是个陌生而繁华的城市，连空气都比家乡的燥热。卖气球的、卖玉米棒的、卖水的，都提着篮子吆喝，直勾勾地望着你，恨不得把东西塞进你的怀里，再从你的口袋里掏出钱来。

安宁狼狈地逃离了车站。亲戚的家大概方位是知道的，但没来过，只能边走边问。真希望没人知道自己要去的地方，就不用面对借钱的难堪；但又更怕找不到亲戚，连求人借钱的机会都没有。这一刻突然体会到卖炭翁"心忧炭贱愿天寒"的纠结和无奈了。

她边走边踢小石子，再慢也还是远远地看到了亲戚家。她提起全身的力气努力挤出一个笑容，上去轻轻敲门："安阿姨，家里有人吗？我是安宁。"

"谁啊？"安阿姨打开门，见只有她一人，惊讶道，"安宁？你一个吗？"

"是，阿姨，我……"安宁低下头，欲言又止。

"快来快来，刚好吃午饭呢，一起吃。"阿姨热情地拽着安宁进屋。

　　安宁想着刚来大概不好提借钱吧，更怕跟在舅舅家一样难堪，只能沉默地嚼着米饭。

　　"安宁，既然来了就多玩几天，正好给你弟弟做家教吧，我们付钱。"阿姨笑盈盈地说。

　　"我？我还没做过家教呢。"安宁茫然抬头。

　　"没事，小学三年级的你还能不懂？"安阿姨鼓励她，"你还是在武汉读书的大学生呢！"

　　"好，我试试。"安宁点点头。

　　吃过午饭，安宁惴惴不安地拿着课本去找小表弟。

　　只见小表弟不停地换着电视频道，不搭理她。安宁想跟他套套近乎，走过去坐他左边，结果他跑去右边沙发；坐他右边，他跑去左边沙发。安宁没辙了，不得不直奔主题："弟弟，暑假作业做完了吗？"

　　"你烦不烦啊，你是谁啊？才来就催我的作业！"小表弟不耐烦地说。

　　安宁呆住了，平复了一下情绪才说："嗯，我是你姐姐，你爸妈让我辅导你写作业。要不，你看会电视再做吧？"

　　"我没你这个姐姐，看完电视我要午休，午休起来又要吃饭了，吃了饭后再做。"弟弟伶牙俐齿地说完后，泥鳅一样钻出了房间。

　　安宁呆呆地在空调房里发抖，家政大姐一边拖地一边冷眼旁观。

　　"砰——"，大姐不小心碰倒一个凳子；"吱——"，又拉开一张椅子。这些日常的杂音如今听起来却如此刺耳，像一声声冷酷的逐客令。安宁逃避地扯来一本书，是讲机械原理的，平日断然是看不进这些枯燥的文字的，而现在，除了一字一字地看，无处可逃。这本书很快被安宁翻完了，放眼四周还有几张旧报纸，也如救命稻草般抓过来翻，很快也翻完了。

　　"姑娘去旁边的房间吧，那边也有空调呢。"大姐说。

　　"啊，没事。"安宁慌乱地关掉空调，"我，我在这里就行，我不怕热。"

她觉得自己出去碍眼，就那么傻傻地坐着，也不知道下一步能做什么，也不知道怎么面对叔叔阿姨，还有小表弟。她留心听着小表弟的声音，但除了动画片的声音，什么都没有。

对面的马路上，每过一辆车安宁都认真地看，路过的行人她也盯着看，虽然做这些事情一点意义都没有，但是她更怕去想万一没有学费的烦心事，也不知道现在还有什么更有意义的事情可做。越来越热了，汗像虫子似的慢慢爬上脸颊，她索性躺在沙发上，任凭汗水和泪水无声地滴在沙发上。

熬到晚上，叔叔问："安宁，你弟弟听话不？"

"还……行，在磨合。"安宁很慌。

"那就好。小伟，你今天做了什么作业？"阿姨问。

"没——做。"小伟一边拖长声音一边瞟安宁，"她不教我！"

安宁惊讶地看他一眼，正好撞上他挑衅又得意的目光，只能低下头。这一刻，她只听见墙上挂钟的嘀嗒声。

"安宁，这不行啊，小伟调皮你就告诉我，我来教训，不能由着他啊。"叔叔接话了。

"好的，叔叔，我会努力的。"安宁无奈地点点头，又看了小伟一眼。

深夜，安宁跟大姐睡一间房。城里的夏夜能远远听见汽笛声，那是长江上来往的客轮在相互致意。窗外就是黑黢黢的山峦，孤单而沉默。高中时以为考上大学后就是坦途，没想到大学比高中还难，辍学的威胁依旧如影随形。

认命，不认命？

不认命，认命？

大姐见安宁辗转反侧，问："空调太冷了吗，还是睡不着？"

"不是空调，大姐，小伟不喜欢我，教不好对不起叔叔阿姨；不教吧，我的事怕是黄了。"

"小伟不是不喜欢你。"大姐宽慰说，"他爸妈给他请了各种家教。这么大点的孩子，正是玩心大的时候，也有家教被气哭、气走的。不告状给他爸呢，他不当回事；告状给他爸呢，又是皮带猛抽一顿。你有什么事啊？"

安宁沉默半晌："我没钱交学费，我爸又联系不上，我想过来找叔叔阿姨借点学费。"

"唉，你爸妈呢，怎么让你一个学生出来借钱呢？"大姐很不解。

"我妈早就去世了，后妈反对我读书，爸爸去了山西，什么音讯都没有。"安宁的语气很平淡，"主要是大一学费都没交齐，大二再不交学费，我真没脸去学校。我爸让我后妈带的九百块，她也不给我。"

"唉，真的是……"大姐也不知道说什么了，"你后妈怎么能这样呢？"

"嗯，主要是阿姨和叔叔让我给小伟做家教，我也没做好，就更不好开口了。"安宁盯着天花板，外面来来去去的车辆，偶尔闪进来一束光。

大姐愣了一会："唉，早点睡吧，明天再想办法。"

"嗯。"安宁闭眼又睁眼，在心里数了几千只羊依旧睡不着。旁边的大姐已有轻微鼾声。

大姐，你也是为了孩子才背井离乡来做工的吧？你的孩子遇到这样的事，你会不会让她自己去承担呢？

安宁一夜无眠，黑眼圈像大熊猫，借得到最好，借不到……就认命吧。即使告状给叔叔阿姨，后面小伟不配合，还是无济于事，更怕害得人家家里鸡飞狗跳。

吃完早饭，安宁轻咳一声，差点把泪咳出来，逼自己开口："安——阿姨，叔叔，我这次过来是有事求你们的。"

安阿姨谨慎地问："安宁，什么事？"

"阿姨，"安宁心里七上八下，"我大一的学费还没交齐，大二学费没有着落。我爸在山西联系不上，我想问您和叔叔是不是可以帮我一下？"

"安宁，"阿姨有点为难，"虽然我们家境好点，但大家都来找我们呢。

而且，你读高中我们也帮了不少呢。"

"我知道。"安宁强颜欢笑，"没有你们的帮助，我走不到现在，谢谢！然而……现在放弃，实在可惜……"

"那你的姑姑、姨妈、舅舅呢？"阿姨问。

"实话跟您说，"安宁叹气，"我都去找过了。"

"这样吧，我给你一千块，算资助你吧。"阿姨想了想，拿出一千块。

安宁还没来得及说"谢"字，小伟先开口了："我跟我妈说了，你教得不好，不要你教了！"

安宁拿出准备好的纸笔唰唰地写借条。

阿姨赶紧捏住笔："安宁，我说了这钱资助你，不要写！"

"阿姨，我虽然不能很快还给您，"安宁咧咧嘴，"但是你们的恩我记得。如果我爸还不起，您给我几年时间，我自己还。毕竟谁的钱都不是天上掉下来的。"

说完，安宁将借条放在饭桌上，深深给阿姨鞠一躬，拿着钱转身出了门。头重脚轻地逃到车站，迷茫地看着来来往往的人和车。天下熙熙，皆为利来；天下攘攘，皆为利往。那些奔波在路上的人啊，有跟我一样为了读书，什么自尊都不要的吗？

天上乌云密布，夏天的天，孩子的脸，雨说来就来，豆大的雨点又大又急，噼噼啪啪比赛似的劈头盖脸砸下来。街上一阵骚动，行人都惊叫着奔跑起来，只有安宁站在雨中，仰起头，任凭泪水混着雨水肆无忌惮地流下来。她疲惫至极，在车上就结结实实睡了一觉。

到了森城车站，雨水夹杂着灰尘扑面而来。有伞的，撑开伞小心翼翼地走了；没伞的，挤在候车室看着雨叹气。

安宁默默看着丝毫不打算停的大雨，去给李泽涛打电话。

"哥哥,我回淼城了,下大雨,你能来接我吗?"安宁一想到他就忘了这一路的疲倦,看着水滴落在地上的水洼里荡起一圈圈涟漪,嘴角不由得上扬。

"妹妹,我家里有客人呢。你怎么才回来呢?"李泽涛又惊又喜。

"我很忙啊!"安宁没好气了。

"忙?"李泽涛听出端倪,"忙什么啊?"

"你管呢!"安宁眼圈又红了,"我交不起学费!借不到我就不读了!"

"别!不是跟你说过嘛,我自己的津贴攒着呢。你先拿着用,不够我再想办法。"李泽涛急了,"还差多少?"

"不要不要不要!钱债易还,情债难还!"安宁试探着问,"我的亲戚都怕我还不起,你就不怕?"

"不怕!"李泽涛追问,"说,差多少?"

"大一三千六的学费还欠着一千六呢,大二的三千六还没着落,我觉得我真的快撑不住了!哥哥,我真的觉得女孩子读书太难了,太难了。"安宁委屈得有点哽咽了。

"大一学费还差一千多块,你到学校第一个月还得要生活费呢,"李泽涛自言自语,"至少得两千块。嗯,我自己的还不够,我去找战友。"

"算了,"安宁摇摇头,"我也不想要你的施舍啊。"

"安宁!"李泽涛深深叹气,"你冷静点!我们之间怎么能叫'施舍'呢?你走到现在不容易啊!我又不是别人!"见安宁不接话,他索性提议,"我把银行账号给你,你工作了还我还不行吗?"

"哥哥,你帮得了我一时,你帮不了我四年啊!要是没钱,我迟早得辍学的。"安宁的泪一颗颗掉在地上。

"安宁,你辍学我绝不答应。"李泽涛一字一句地强调,"有我在,就不会让你辍学!听见了吗?"

安宁喜极而泣："嗯，那我答应你，我会努力熬下去。"

"需要钱就给我打电话，不许做傻事，听到没？"李泽涛担忧地重复。

"好。"安宁开心起来。

安宁刚回到家，继母就阴阳怪气地问："不是借不到学费就不回来吗？怎么，看样子学费是借到啦？"

"没有。"安宁淡淡回答。

"哈哈，一分钱都没借到？"继母忍不住笑，见安宁沉默，讽刺道，"你那有钱的舅舅呢？姨呢？咋了，平时对你不挺好的嘛。哦，你要借钱的时候，一个个都不认得你了？"

"借了一千，岭城安阿姨帮忙的。"安宁努力保持平静。

"一千？够吗？你的学费不是三千多吗？还有大一的呢！"继母穷追不舍，"不过，有了这一千暂时也饿不死了！"

安宁不想接话。

"哈，老子还以为你有多厉害呢！你又没工作又没收入，上的要是清华就另说，但你的学校以后工作找不找得到都是问题！大人去借钱都借不到，这次晓得锅是铁打的了吧？"继母冷嘲热讽，一脸"不出我所料"的鄙夷。

"对！锅是铁打的，但是再难我也会读下去！"安宁不忍了，冷冷地迎上继母鄙视的目光。

继母愣了一下，又开始指桑骂槐，安宁包都没来得及放下，转身又去了姨家。

姨去挖花生，安宁也跟着；姨去掰玉米，安宁也跟着。安宁问姨，万一自己读不了书，能不能让表姐带自己去打工。谁知姨的眼圈一下子就红了，安宁只好安慰她自己只是开玩笑，一定会尽力熬下去的。

返校后，张辅导员告诉安宁，学校因为贫困证明减免了她两千块学费，所以大一的学费不用补了。后续的助学贷款，她也会帮安宁争取。安宁心里总算踏实了。

安宁暑假借钱的事传开了，继母唆使山西的老板娘（她的亲妹妹）扣了安为国一个月工资，嚷嚷着要还给安阿姨，又到处抱怨安阿姨多管闲事。

安为国领不到工资，给继母打电话问情况，她一把鼻涕一把泪的恶人先告状："安为国，我嫁进来这么多年，没有功劳也有苦劳吧！我就今天看上你那九百块钱了？啊？安宁好好说话，我能不给吗？你不知道她读个烂大学现在有多厉害，说话鼻孔都是朝天的！还有啊，安为国，她到处借钱丢你脸就算了，还去村里开贫困证明，就怕人家不知道你没用哦。对了，你是没听见村里人怎么笑话你呢，要不要我背给你听听……"

安为国气得脸色铁青，打给安宁："安宁，你长本事了是不是？"

安宁莫名其妙："爸爸，怎么了？"

安为国瞬间暴跳如雷："你还有脸问我？你到处借钱，还开贫困证明，你说怎么了！"

安宁一听就明白了："哦，没有贫困证明就申请不了助学贷款和勤工俭学岗位啊，爸爸。"

安为国气不打一处来："还有，你是不是找安阿姨借了一千块？你小姨用这个做借口，扣了我这个月工资，我自己都没钱吃饭了！我问你，我给你留的九百块钱呢？"

安宁大惊："啊！怎么会这样！安阿姨着急要钱吗？你说的那九百块，妈一分钱都不肯给我啊，我连回学校的五十块路费都没有，你说怎么办？"

"你活该！求人还鼻孔朝天，那人家能给啊？换我我也不给你啊！"安为国不分青红皂白就骂，"活该！"

安宁也火了："安为国！这么多年你从来只信她不信我！因为她挑拨离

间，我挨了你多少冤枉骂，我顶撞过一次吗？她说那是你们夫妻的共同财产，从法律上讲，她没说错！她说不是我的生活费就不是我的生活费了！她这次连路费都不给我，现在又挑唆她妹扣你工资，还打电话骂安阿姨多管闲事！她这么费尽心机上蹿下跳，什么目的你还看不出来？'宁欺白须公，莫欺少年穷'，人在做天在看！安为国你告诉她，我肯定会坚持到毕业，让她别枉费心机了，最好给她女儿积点德！"

安为国愣了愣，语气缓和了些："那你给小伟做家教，风吹不到雨淋不到，为什么不肯好好做？就你这臭脾气，就像他们说的，到社会上一样混不好！还有啊，安阿姨都说了不用还，你还写什么借条呢？你这不是吃饱了撑的吗？"

安宁喊回去："哪个'他们'？是安阿姨和叔叔，还是继母和她妹？安阿姨是有钱，但我是借钱又不是乞讨！至于继母和她妹妹，管她们呢！学校刚减免了两千块学费，相当于大一交齐了，不过大二……"

"行行行，你厉害你厉害，你不是有本事嘛，怎么，连学费都得来找我啊？我这个月都要借生活费呢！再说了，你是凭本事考上的本科，就算不交学费，我不相信学校能把你的被子从宿舍丢出去！麻烦你以后做事过过脑子！你说你连自己家人都能得罪光，走上社会谁受得了你这坏脾气？"安为国顿时情绪失控，恶狠狠地挂了电话。

李泽涛不放心，又给安宁打电话："安宁，我凑到了两千块，账号给我吧。"

安宁百感交集："哥哥，不用啦，我的学费解决了。学校会减免两千块，还有助学贷款和勤工俭学岗位！以后寒暑假我都去外面打工，养活自己应该不成问题！我问过了，可以做家教、发传单、当服务员，学校的勤工俭学岗位主要是打扫教室……"

李泽涛很心疼："妹妹，你需要钱我随时寄给你，但不可以辍学，也不要太累，知道吗？"

"嗯！"

"你记好了，只要我在，就不会让你辍学，懂吗？"李泽涛强调。

"懂！"安宁忽然想起了什么，"哥哥，等我攒到钱了，我就去西安看你。想当初你想来武汉，我想去西安，结果你去了西安，我到了武汉，这真的是造化弄人啊！"

"好，你喜欢的大雁塔我也还没去过呢，听说那边有亚洲最大的音乐喷泉，可漂亮了，等你来我们一起去……"李泽涛跟安宁描绘西安的美，安宁舍不得插嘴，笑眯眯地听得入了神。

再后来，安宁端过盘子，做过家教，在学校勤工俭学，扫过地，发过传单，申请到了国家的助学贷款……终于熬到了大学毕业。

后记：

二十年后，当我写下这篇文章时，依旧泪流满面。我是村里第一个扎根上海的孩子，是村里唯一一个打拼在高科技行业的孩子，也是村里第一个出版长篇小说的作者……

如果时光能倒流，我真的很想抱抱十八岁的自己：谢谢你的坚持！

往前走，别回头，加油！

（本文节选自长篇小说《琥珀姑娘》）

马沈岐，1986 年毕业于河南工程学院，2018 年被聘为河南工程学院客座教授，曾在中煤科工集团西安研究院有限公司工作，现已退休。出版有诗集《马沈岐诗选》，作品散见于中国煤炭新闻网、中国作家诗歌网等网媒。

西芒退休的日子

一

西芒退休后，心里涌上一种难以名状的失落感，让他坐立难安。几十年来身为领导，他习惯了繁忙的迎来送往以及众星捧月般的生活。然而一退休，生活突然变得冷清，门可罗雀，空旷的房子让他感到了前所未有的孤寂。

西芒是个健谈且好动的人，他习惯了与许多人交往，他热衷于参加各种社交活动，享受被人们追捧的感觉。在他的手下工作，无论是管理员还是副校长，都需要与他保持良好的关系。然而现在，没有人再劝他饮酒了，对他来说一切美好的事物都随着退休而消失。

西芒点燃一支烟，从镜子中瞥见了自己，突然觉得自己苍老了许多。他思考着未来的生活该如何度过，脑海中一片空白。他无意识地挥动了两下手臂，烟头不慎掉在地毯上，吓得他赶紧弯腰捡起烟蒂，在精致的水晶烟灰缸里摁灭。

西芒与老伴的关系已形同陌路，尽管他们并未正式办理离婚手续。但多年来，他们的生活状态更像是两个独立的个体。用西芒老伴的话来说，家就像是个停尸房，缺乏温馨与交流。在家感受不到温暖的西芒，只能在外界寻找慰藉，他在外面的风流韵事又使得他与老伴之间的关系愈发疏远，生活轨迹如同平行线般无法相交。

然而，他们并未选择离婚，其中一个重要原因是他们的女儿。女儿在国外读书，毕业后工作表现得非常出色，现就职于联合国总部。她坚持要求父母维持中国家庭的传统——以和为贵，这对她来说具有重要意义。为了女儿，西芒和老伴都选择不提离婚之事。随着年岁增长，离婚与否似乎已变得不再重要，那一纸证书的存在与否并无实质性影响。

西芒退休后感到极度的空虚与无聊，仿佛被魔鬼掏空了内心，整个人六神无主。他手中把玩着一支香烟，却无心点燃。这一天里，他已几乎抽完两包烟，这是第三包了。过量摄入烟草使他的口中满是苦涩，脸色黑黄，浑身无力。

西芒突然感到一丝饥饿感，这才意识到自己已经一整天没有进食。他感叹道："再也没有人热情地邀请我吃饭了，这群人真是势利。"抱怨过后，他勉强支撑起疲惫的身体走出家门。老伴一整天都不在家，他知道她在刻意避开他，不愿与他共同守在这个冷清的"停尸房"中。

外面的酒店依然顾客盈门，杯觥交错。突然，有人轻拍他的肩膀。西芒回头一看，原来是新提拔的副校长，即曾经的办公室主任鸣麒，他正是接替自己位置的人，也是过去与自己有过节的同事。鸣麒是研究生，与领导关系好。在鸣麒的连拉带拽下，西芒进入了饭店。熟悉的味道瞬间刺激了他的神经，西芒心中感慨万分：饭店依旧热闹，但主客已经换人。

西芒进入了那个他再熟悉不过的包房——浅蓝水湾。一进门，他的眼前就浮现出每一位他熟悉的老师和工作人员的身影。然而，他的出现让原本热闹的包房陷入了短暂的寂静，大家的笑脸都僵住了。西芒感到十分尴尬，脸上的笑容显得僵硬而不自然，嘴里嘟囔着让人听不清的话语。

鸣麒心中暗自好笑，他故意让这种尴尬的气氛持续了一会儿，然后才放声大笑，打破僵局。他示意身边的同事挪动位置，为西芒让出一个座位，而自己则以主人的姿态坐在了主位上。西芒瞥了一眼那个位置，心中不禁涌起一股复杂情绪。

鸣麒察觉到西芒的微妙情绪，他故意夸张地半站起身，笑道："有西芒校长在，这位置当然还是您的，您依然是我们的主角。"说着，他试图把西芒硬拉到主座上。同时，鸣麒给身旁的同事们使了个眼色，大家便起哄般地将西芒推上了主座。然而，此时的西芒已非往日那个在这个位置上气定神闲、谈笑风生的他了。西芒被硬按在座位上，感到了前所未有的局促不安、面红耳赤、不知所措。

一位女老师为西芒斟满一杯白酒，声音婉转如莺："老校长，我借鸣麒校长的酒，敬您一杯。这么多年，您一直关照我们，大家的感激之情无以言表。您退休后，可别忘了我们，发达的时候也要捎带上我们这些您曾经的兵啊！"西芒突然感觉自己笨嘴拙舌，脑中一片空白，竟不知如何回应。酒杯已经递到他嘴边，他稍不留神，烈酒便滑入喉咙，呛得他咳嗽连连。

鸣麒一边为西芒拍着背，一边笑道："老校长还没准备好呢，你们这些人啊，真是太热情了。"咳嗽平复后，平时受西芒器重的另一位女老师，端着酒杯款款走来："老校长，我也借花献佛，敬您一杯。祝您安度晚年，最好是我们能陪您一起出去旅游，照顾您。"

这时，又有两位老师上前，也给他敬酒。没几杯，西芒就感到头晕目眩。他摆手拒绝更多的敬酒，红着脸，用手拉住鸣麒，语无伦次地说："鸣麒啊，我醉了，不能再喝了。"

最后，一位老师为西芒倒上他最爱的红酒，柔声道："老领导，这杯干红您肯定喜欢。它劲头不大，喝了能提神。"西芒接过酒杯，一饮而尽，众人纷纷鼓掌，赞美他老当益壮。然而，失去权力的他，连曾经的风流倜傥也消失无踪了。

鸣麒提议道："老校长，我们别喝白酒了，换啤酒如何？我知道您很能喝，我们一起痛痛快快地畅饮几杯。其实酒喝开了，就像喝水一样，酒水、酒水，酒就是水嘛。"然而，西芒今晚显然有些不胜酒力，以往都是他强迫别人喝酒，今晚轮到自己，这种感觉确实令人难受。

鸣麒端起杯子，站起身来说："老领导，我敬您！您不是说'酒品看人品，人品论酒量'嘛，今天我敬您，先干为敬!"说完，他一口气喝了一大杯啤酒。

西芒从没有站着喝酒的习惯，但今晚他不自觉地跟着鸣麒站了起来。由于久站，他感到两腿发软，手也微微颤抖，杯中的啤酒洒出了一些。

在大家的催促下，西芒又连喝了三大杯啤酒。由于一天没吃东西，又喝的是混合酒，西芒终于支撑不住，腿一软滑到了桌子底下。

二

西芒是第二天中午才醒过来的，头昏昏沉沉的，嗓子干涩疼痛，浑身没劲，肚子里也是空空如也。他想起来，动了下身子却又突然想吐，隔夜的酒在肚子里搅和着，像要抽走他的五脏六腑。西芒又沉重地倒下，斜眼看着窗外刺眼的白天，脑子也变得迟缓起来，这会儿是什么时间了？

西芒躺在床上又缓了半个钟头，身上有了点力气这才爬起来，趿拉着鞋，缓缓走到卫生间，两手扶着洗漱台，惨白刺眼的洗漱台又刺激着他胃里的隔夜酒，撕心裂肺地呕了半天这才舒服了点。西芒缓慢地抬起头看着镜子里的自己：脸色黑黄，眼袋下坠，皮肉松弛，眼角耷拉，一脸的消沉之气。西芒扭开水龙头，冲洗掉洗漱池中的污物，又觉着卫生间里有股子怪味，他用鼻子嗅了几下，想着应是自己呕吐物的味道，又打开抽风机。

西芒洗漱过后回到客厅，看见茶几上有张纸条，拿起来看，是老伴写的，只有八个字：珍惜生命，善待自己。西芒记不清老伴有多少年没有关心过他了，或许是自己根本就没有老伴这个概念了，老伴曾经说过一句话：一个屋檐下，两个活死尸。他们的屋子里从来就没有过人的生气，他也不知道这个屋子里该有什么。西芒放下纸条，身子重重地倚靠在沙发里，缓解一下眩晕。

他们家有多长时间没开过火，或者说他有多久没有在家吃过饭，西芒记不得了。恢复了些体力，西芒觉得饿了。这种感觉一旦袭来，立刻就觉得饥饿难忍。西芒赶紧穿上衣服，到街上去找吃的。小区内是高楼林立、小桥流水，但就是没有街道上的熙熙攘攘，要在这里吃个饭，不走个几里地是啥也吃不着的。住在高档小区里，人是生活在四个轮子上的，靠着两条腿，生活便不完美。

西芒忍着饥肠辘辘，头晕腿软地走出了小区，过了马路又拐过十字路口，才有一家大的饭店。这个点正是早饭不开、午饭没到的时间，服务员正在打扫卫生，还没有饭可吃。西芒身体虚得快走不动路了，拉了把椅子坐下，静等饭店开卖。

饭店的女老板从外面走进来，一眼就认出了西芒。她急忙走上前询问："这不是西芒校长嘛，您怎么了？看起来脸色不太好啊，是哪里不舒服吗？"西芒抬头看到是饭店老板凤儿，他艰难地摇摇头回答："酒喝得有点多了，而且我已经一天多没吃饭了，你能给我煮一碗汤面吗？"

凤儿听后立刻回应："您稍等片刻，我马上去给您煮面。"说完，她又去给西芒倒了一杯热茶，递给他说："您先喝杯热茶，应该会舒服点。"西芒接过凤儿递来的茶杯，感激地说了声："谢谢。"

凤儿微微一笑，转身去了后厨，吩咐大厨为西芒准备一碗清淡可口的鸡汤肉丝龙须面。

西芒喝了几口热茶，胃里果然暖和起来，虚弱的身子也有了点力气，蜡黄的脸色也恢复了一点血色。

凤儿给西芒端上面来，西芒一看这碗清爽的龙须面，嗅着漂浮着的香气，食欲一下子被激发起来，拿起筷子大口地吃上了。吸溜吸溜的声音，惹得服务员在一旁窃窃地嬉笑，就没见过这种吃相。西芒吃光了面，连汤也喝得干干净净。吃完了才长舒了口气道："这是我这辈子吃的最香的一碗面，凤儿谢谢你了。"

凤儿拉过凳子坐在西芒旁边，热情地说："老校长，您好久没来我们饭店了。最近我们新请了个大厨，手艺非常棒，您有空一定要常来尝尝。"

西芒叹息道："凤儿，不是我不来，是我最近办了退休手续，闲下来了。"

凤儿听闻此言，心中微微一凉，但仍保持礼貌问："那现在是谁接班了呢？"

西芒沉浸在自己的情绪中，没注意到凤儿态度的微妙变化，想起鸣麒，有些愤懑地说："还能有谁？就是那个我一直看不上的鸣麒。他现在得志了，但我始终觉得他不够厚道。"

凤儿此时已无心听西芒抱怨，她站起身来说："老校长，您先坐着，我还有点事情要处理。"说完，她礼貌地点点头，转身离开。

西芒这才意识到凤儿态度的变化，他心中涌起一股莫名的失落。他狠狠地甩掉手中的半截烟，起身准备离开。走到门口，他又折回来，掏出一百块钱放在桌子上，然后头也不回地走了。

走出饭店，西芒感受到秋风的寒意。他在心里发誓，再也不来这家饭店了。他不禁感叹，人情冷暖，世态炎凉。

西芒在街上漫无目的地游荡，心神不宁。西芒的脑海中一片混乱，他的思路无法集中，反应也变得迟钝。退休对他来说仿佛掉入了地狱，他深感阴森恐怖。他不禁开始反思自己的退休计划，意识到自己没有提前铺好路是一个巨大的失误。那么，他接下来该怎么办呢？

西芒迅速在脑海中搜寻着可能的机会和人际关系。他认为，或许可以去民办学校寻找机会。在那里，只要能为学校拉来学生资源，就有可能获得重用。然而，他又不确定哪所民办学校会接受他。他反复盘算，却找不出一个合适的人选或机会，心中不禁埋怨自己为什么没有早点想到这一点。在懊悔中，他甚至忍不住自责地骂了自己两句。

西芒在路边停下，点燃一支烟，正欲前行，突然一辆奥迪车缓缓驶来，停在了他的身旁。车窗降下，里面传来熟悉的声音："这不是西芒校长嘛！"

西芒俯身透过车窗向内看，认出了是几年前曾找他帮孩子办转学手续的冯老板。西芒暗自揣测着冯老板的来意。

表面上，西芒仍热情地打招呼："哦，是冯老板啊！您在哪儿发财呢？"冯老板停下车，走了出来。西芒试图与他握手，但冯老板却抬手整理了下头发，并未与他握手。西芒尴尬地笑了笑，举起手中的烟抽了一口。

冯老板笑着说道："西芒校长，您退休了？退休好啊，可以悠闲地逛大街、看花草呢。"说完，他爽朗地大笑起来。西芒虽心生怨恨，却不敢在此刻发作，只得赔着笑脸附和："是啊，大街上的风光真不错。"

冯老板继续说道："昨晚，鸣麒给我打电话，说您退休了。开始我还不信，您老人家怎么能退休呢？给学校做了那么大的贡献，主持校务工作那么多年。鸣麒也说，您退休是学校的一大损失，大家还都想着你呢。"西芒心中暗骂鸣麒落井下石，却也只能忍气吞声。

冯老板似乎并不在意西芒的情绪变化，他继续说道："大中午的，西芒校长还没吃饭吧？走，我请你吃饭。"西芒心知这是冯老板的奚落和挖苦，即便吃饭也必定是个鸿门宴，于是推辞道："我吃过饭了，刚闲下来坐不住，出来溜达溜达。"他心中算计着冯老板孩子的年龄，随口问道："你儿子大学快毕业了吧？"

冯老板心情愉悦地回答道："明年就毕业了，我打算等他毕业了送他出国镀镀金。"西芒口是心非地应和着，心中却满是蔑视。

冯老板与西芒简单道别后驾车离去。西芒看着他离去的背影，回忆起当初冯老板有求于他时的模样。

冯老板的儿子是个不省心的主儿，仗着家里有钱就在学校里胡作非为，冯老板为了儿子的事情没少赔钱、道歉。对于管教儿子，冯老板实在是束手无策，这时有人给他出了个主意，让他去找西芒校长帮忙，因为西芒校长管理学生很有一套办法。

经过西芒的悉心教导，冯老板的儿子在短时间内有了显著的改变。他在学习上变得积极主动，顺利地完成了高中三年的学业，并且出人意料地考上了大学。这让冯老板非常高兴。然而，西芒原本期待冯老板会对他表示感谢，但出乎意料的是，冯老板的态度却发生了变化。他连一句感谢的话也没说，就从西芒的生活中消失了。这让西芒感到非常愤怒和失望，他心中不禁暗骂："真不是个东西！看来好人不能做。达到目的了，就忘恩负义。"

西芒的思绪从回忆冯老板的事情上回转，那些烦心事让他头疼不已。看着大街上人来车往，每个人都是匆匆忙忙的，他意识到，能像他这样闲逛的人，或许都和他一样，内心深处有着某种失落。

三

西芒已经不记得上次和妻子共度一整天的时光是什么时候了。多年来，他在外面忙于应酬，享受着自由潇洒的生活，而妻子在家的生活他几乎一无所知，也不曾了解。现在退休了，和妻子长时间待在家里，却不知道该说些什么。他从不做家务，也不会做家务。

西芒曾在部队待过十几年，从战士升至连长，凭借出色的口才得到不少嘉奖，甚至升了官。部队整编时，因文化水平有限，他选择转业，并进入了学校，希望能在一个充满书香的环境里提升自己。他通过夜大的学习，几年后获得了大专学历，自诩知识分子。

刚到学校时，他原本想成为一名教师，但老校长建议他担任教导主任。看着校长威严地巡视教室，批评学生，他心生羡慕，期待有一天自己也能成为校长。

作为教导主任的十多年里，他结交了许多社会人士和教育界人士。

与此同时，西芒对妻子的感情却越来越淡。两人经常吵架，最后连吵架的力气都没了。他曾想过离婚，但女儿以死相逼，坚决反对。他深爱女儿，知道她是个说到做到的人，因此只能作罢。

现在，西芒无所事事地瘫在沙发里，烟熏得手指焦黄，屋内昏暗的光线更显得他脸色憔悴。他开始喜欢回忆过去，每一个物件都能勾起他无尽的思绪。

西芒想起了有位名叫安娜的女老师，想到当年帮助安娜来学校的事情。

安娜之前在另外一所学校任教，是一位优秀的教师。当西芒得知她希望调动到离家更近的学校以方便照顾孩子时，他决定出手相助。

在朋友的帮忙下，西芒成功地帮助安娜实现了工作调动。这个过程中，他不仅向朋友强烈推荐了安娜，还亲自带着她去了教育局办理相关手续。他的热心和能力让安娜感激不已，两人的关系也因此变得更加亲近。

在新学校里，安娜的优秀和美貌引起了不小的轰动。汪校长对安娜的到来表示热烈欢迎，并承诺会给予她必要的支持和帮助。然而，安娜的美貌也引来了一些不必要的麻烦，语文教研组的其他老师对她产生了嫉妒和不满。

面对这种情况，汪校长坚决地站在了安娜的一边，他不仅批评了那些无端生事的人，还亲自找安娜谈话，鼓励她不要受外界影响，专心做好自己的教学工作。同时，为了让她更好地融入新的工作环境，汪校长还给她安排了一个比较调皮捣蛋的班级，希望她能通过带这个班级来展示自己的能力和才华。

安娜欣然接受了这个挑战，她相信自己有能力带好这个班级，也期待在新的工作环境中创造更多的价值。

自从安娜接手了这个让人头痛的班级后，班级的精神面貌发生了翻天覆地的变化。学生上课也不闹了，学习也用功了，调皮捣蛋的孩子们的个人所长也能发挥出来，从一个落后的班级一下子跃升为先进班级。学生们喜欢和蔼可亲的老师，喜欢漂亮美丽的老师，喜欢和他们平等交流的好老师，安娜也因此受到了大多数老师的好评。

西芒在教育界能够游刃有余，凭借的是自己的真本事。这几十年来，他历经艰辛，抓住机遇，虽然吃了不少苦头，但他觉得这一生的奋斗都是值得的。至于那些风言风语，他根本不放在心上，因为他清楚，只有实力才是硬道理。

四

西芒突然病倒了，而且病情颇重。他一直以身强体健自傲，喜欢在人们面前夸耀自己多年未曾生病，甚至声称疾病都是人们自找的，只要心里没病，身体就不会垮。然而，这场突如其来的大病让他开始重新审视自己。

西芒在医院住了一个多月，在这期间他没有告诉任何人自己的病情。他宁愿独自面对这白色的寂寞，吃着医院那难以下咽的病号餐，也不愿看到别人虚假的关心或嘲笑。他的妻子来过几次，但西芒不让她再来了。他心中有一种赎罪的感觉，因为前些年妻子生病时，他并未给予足够的照顾。现在，他想独自承受这份病痛，算是对过去的一种补偿。

躺在病床上，西芒的思绪如乱麻一般。他回想着过去的大小事情，思考着生活的意义，不由得就想起了悍姐。

那时西芒还没退休，有一天下午放学，西芒正准备离开学校，就在这时，手机铃声骤然响起，电话那头，是久违的老战友老强的声音。一番寒暄之后，老强透露出他当前的困境和愤怒，西芒不禁为他的遭遇感到惋惜。他们约定在西城角下的西府洞天饭店见面，共商解决之策。

西府洞天的女老板，年过三十，风姿绰约，不仅容貌出众，更以其独特的魅力著称。她身材丰满，精明能干，既带着三分妖冶，又透出七分英气，因此被大家亲切地称为"悍姐"。

西芒与悍姐的相识，源于一起交通事故。那是一个雨天，悍姐的丈夫在骑摩托回家的途中，因闯红灯与西芒朋友的面包车在十字路口相撞，不幸当场身亡。最后西芒负责协调处理这起交通事故，并且让悍姐拿到了十多万的抚恤金。在当时，这十多万可不是个小数目。

自从那件事情解决后，所有的纷扰都逐渐平息，生活恢复了往日的宁静。一年多来，西芒再未见过悍姐。然而，某一天，悍姐突然带着女儿急匆匆地找到西芒。她神色凝重地表示，自己遇到了困难，希望西芒能帮忙照顾她的女儿。她信任地说："你是老师，我相信你能教育好孩子。我不希望她将来像我一样。"

西芒答应了悍姐的请求，悍姐让女儿认西芒为干爹，并留下五万块钱便急忙离开了。西芒拉着悍姐女儿的手，目送着悍姐的背影消失在大门外。过了一会儿，他询问女孩的名字，得知她叫周小英，正在上五年级。小英懂事地问："伯伯，我妈妈会被判多少年呢？"西芒抚摸着小英的头发，沉思后回答："小英，我还不清楚你妈妈的具体情况。等我了解清楚后，再带你去看你妈妈，好吗？"西芒看得出，有悍姐这样的母亲，小英的内心远比同龄人成熟。

西芒将小英的情况告诉了妻子，她非常乐意接纳小英。很快，小英与西芒的妻子建立了深厚的感情。小英表现得非常勤快且嘴甜，深得妻子的喜欢。然而，西芒却担心小英过于压抑自己的情感。他与妻子商量，决定不过度关注小英，让她在自在的环境中恢复孩子的天性。

西芒了解到悍姐出事之后，非常配合警方的调查，最终悍姐被判处两年有期徒刑。在狱中，她表现良好，还获得了减刑半年的奖励。

悍姐出狱那天，西芒带着小英去接她。看到女儿在西芒的照顾下成长得如此出色，悍姐对西芒充满了感激。同时，她的生意也在西芒的帮助下得以保全且运营得不错。

为了感谢西芒，悍姐决定亲自下厨款待他。在监狱里，她学会了许多菜肴的做法，并在厨艺比赛中获得过一等奖。西芒欣然接受邀请，早早地完成了工作，驱车前往悍姐家。

西芒来到悍姐家，悍姐给他做了满满一桌好菜。两人边吃边聊，这天，西芒才知道悍姐的真名是裴秀林。两人也成了无话不谈的挚友。

随后，悍姐在大家的帮助下，开了一家西府洞天饭店，西芒也成了这家饭店的常客。

西芒终于康复出院，他迫不及待地拨通了秀林的电话，声音中透露出难以掩饰的思念："秀林，我想去见见你。"

秀林的声音温柔而关切："你现在在哪儿？我去接你。"

"我刚出院，"西芒回答道，"这一个月来，我像是把人生的起伏跌宕全经历了一遍，尝尽了酸甜苦辣。我曾以为这场病会伴随我的余生，但没想到，我竟然奇迹般地康复了。"

秀林好奇地问："那你是怎么治好的呢？"

西芒轻笑道："是你啊，秀林。是你的人生故事给了我力量，是你的勇气让我重新找回了对生活的热爱。"

秀林听后心中一暖，轻声说道："那你告诉我你在哪里，我马上去接你。对了，还有个好消息要告诉你，我女儿考上大学了，她实现了我的梦想。我们一定要好好庆祝一番！"

听到这个消息，西芒激动不已："真的吗？太好了！我在家里等你，你快点来吧。"他的心中充满了期待，仿佛已经看到了与秀林和她女儿一起欢庆的场景。

五

跟秀林通话结束后，西芒突然接到朴章的电话，心中顿时涌起一股复杂的情绪。他不知道该说些什么，也不知道朴章想和他说什么，于是他拿着电话愣在了那里。

朴章曾是西芒的上级，两人有过一段共事经历。在朴章担任校长期间，西芒一直鞍前马后地为他张罗各种事务。然而，当朴章因故被抓后，他们之间的联系就断了。那段时间，西芒过得心惊胆战，生怕自己被牵连进去。朴章被判了三年，西芒一直不敢去看他，生怕朴章怪罪他不够义气。那段时间，西芒经常做噩梦，甚至因此大病一场，整个人瘦得脱了形。

好在一切都只是他自己吓唬自己，朴章并没有把他牵扯进去。一切风平浪静后，西芒才慢慢恢复了元气。

多年没有朴章的消息，西芒也不知道他到底在哪里混。突然接到他的电话，西芒竟然不知道该说些什么好。朴章在电话那头问道："西芒啊，最近忙什么呢？"西芒赶忙回答："退休了，在家闲着没事。"

朴章继续说道："日子不好过吧？一下子从领导岗位上退下来，总会有些失落感。不过这也没什么大不了的，想不想出来干点什么？"听到这话，西芒心里开始犯嘀咕，他担心朴章会再让他干一些风险大的事情。毕竟他已经安全退休了，实在不想再涉险了。

然而电话那头的朴章却笑了起来："西芒啊，看来你的胆子越来越小了。告诉你吧，这些年我也没闲着，现在在一家私立学校当校长。我本来也想退下来休息了，但是咱们的老局长找到了我。他的女婿办了个私立学校，但经营不善快要倒闭了。老局长想让我接手这个担子。我也想起了你，我们再次搭档吧！我们的办学能力毕竟是经过几十年锻炼的。另外也能解解闷啊，待在家里迟早会憋出病来的。怎么样？我可是有好事第一个就想到你了。现在这事那可是一帆风顺的。至于钱嘛！年薪十万也差不多了吧！退休金能有几个钱啊？退休了还能拿两份工资也挺洒脱的吧！"

听到这里西芒兴奋地感谢了老领导给他这次机会让他再次有事可做，这些天的憋屈情绪一扫而光，他仿佛又看到了自己风光无限的未来。

　　西芒报到的第一天，学校已经忙碌半个月了。朴章任命他为副校长，主要负责招生、后勤和对外交涉等工作。这些都是西芒的强项，他轻车熟路，很快就进入了角色。

　　晚上，朴章邀请了几位副校长共进晚餐。朴章翻阅着菜单，他提醒大家："办事谨慎点，做人谦虚点，行为收敛点，合作愉快点。你们都记住了吗？这既是提醒，也是命令。祝我们合作愉快！"西芒深吸一口气说："老领导放心，我们这些人一定能把学校办好，办成一流学校。让大家看看我们的本事！"

　　饭后西芒坐回自己宽敞明亮的办公室，感叹私立学校的奢华与便利。他开始思考招生和师资问题，很快拟出了一套解决方案，并得到了朴章的赞赏。西芒有些飘飘然，自己的才能这才发挥了一点点，这要是让他做大事，说不定能激发出多大的智慧呢！

　　西芒再次活跃起来，凭借母校的声誉和地处城市的便利条件，优秀的县城教师纷纷向他所在的中学汇聚。他凭借着三寸不烂之舌，成功吸引了周边县城的优质生源和有条件进城的学生，并承诺每周提供车接车送服务。

　　随着找他办事的人越来越多，送礼、请客、套近乎成了不可或缺的环节。西芒早已忘记了曾经的冷遇，似乎又回到了风光无限的时候。

　　一天，西芒接到了教育局辛局长的电话，希望他能够关照一下即将来他这里工作的臧老师。西芒随后与朴章校长商讨了此事。朴章说，由西芒来安排可以更灵活地处理，同时也方便他必要时出面调解。他还说，臧老师曾是工厂子校的校长，虽然不清楚他为何放弃校长职位来到这里，但只要他能对学校有所贡献，就值得欢迎。于是，朴章校长提议让臧老师担任政教主任的职位，西芒虽有些想法，但最终还是接受了这一安排。

　　几天后，臧连州前来报到。朴章校长亲自领他到西芒的办公室，由西芒来具体安排他的工作。西芒打量着眼前这位四十多岁、面容白净、中等身材的男子，心中不禁好奇他为何会放弃公职来到民办学校。尽管心中有许多疑问，但西芒还是热情地接待了他，并向他介绍了学校的情况和工作安排。

在安排好臧连州的工作后，西芒想起了工厂子校的教导主任爱波，便拨通了她的电话。他们在电话中轻松愉快地交谈着，西芒邀请她晚上一起吃饭，并说会找些好朋友一起聊聊工作。

下班之后，西芒邀请了林娟、爱萍、皮娟三位主任，一同乘坐他的车前往餐厅。在车上，他们谈论了学校的教学质量、师资问题以及未来的发展计划。西芒提醒大家要分清工作与生活，以保持良好的生活状态。

到达餐厅后西芒与爱波亲切握手，并与其他人一起围坐桌边。

席间，西芒向爱波询问了有关臧连州的情况。爱波详细介绍了臧连州的背景，包括他之前的职务、工作表现以及发生的一些争议事件。

丰盛的菜肴迅速摆满了桌面，一桌的同事开始向西芒敬酒。今晚西芒的心情格外好，转眼间便喝下了七八瓶啤酒，却毫无醉意。

西芒正与大家举杯畅饮，气氛热烈而欢快。突然，他的手机铃声响起，打断了这欢乐的气氛。他看了一眼屏幕，发现是老伴打来的电话，于是立刻示意大家保持安静，并戏谑地说了句："圣旨到！"他接起电话，尽量用平静的语气询问："有什么事吗？"然而，电话那头传来的却是一个陌生的声音："是西芒吗？请尽快赶到医院，您的爱人突然晕倒住院了，现在情况非常危急。"

听到这个消息，西芒的脸色瞬间变了，原本就黑黄的脸庞显得更加暗沉。大家察觉到了他的异样，纷纷停下手中的筷子，关切地望着他。皮娟轻声问道："嫂子怎么了？"西芒沉声回答："她住院了，病情很严重，我必须立刻赶过去。"他向大家表示歉意，然后迅速调整情绪，离开了包间。

西芒的离开，让大家也失去了食欲，纷纷散去。

当西芒赶到医院时，他的妻子已经因为脑部大面积出血离世了。这个突如其来的打击让西芒无法承受，他一夜未眠。

第二天，西芒中风了。

人生的变故就像自然灾害一样无法预测。一旦降临，生命往往显得如此脆弱，连一丝抵抗的能力都没有。

西芒的"传奇"故事也因此戛然而止。

　　佟惠军，笔名佟掌柜。中国作家协会会员，辽宁省作家协会第十一届小说委员会委员。从 2016 年开始写作，作品散见于《小说选刊》《作家文摘》《小小说选刊》《微型小说选刊》等刊物，出版有小说集《孔雀眼》。

疑 凶

一

2019 年 6 月 18 日晚 7 时，云阳市公安局嘉湖分局刑警一队队长欧阳喻晓赶到嘉阳小区三号楼时，警方已封锁好现场。这是一栋有四个单元的六层洋房。

在来的路上，刑警刘志刚已通过手机向欧阳喻晓简单介绍了案情："我们是一小时前接到的派出所报案。通过查看原始笔录和再次询问报案人，了解到大致情况：死者杨潇，三十四岁，未婚。市第六医院急诊科医生。报案人黄晓蕊是杨潇的闺密。杨潇一周前跟黄晓蕊相约昨晚 6 点在第六医院附近的曼楼兰西餐厅吃饭。黄晓蕊提前几分钟到的饭店，结果等了半个小时杨潇还没到。按以往惯例，杨潇一向守时，若是科里有急诊患者需要处理，她会抽空给黄晓蕊发个微信。昨晚黄晓蕊不仅没收到杨潇的任何信息，而且她还关机了。黄晓蕊觉得不对劲，就去单位找她，可科里的人说，杨医生今天没来上班，没有请假，电话也打不通，科主任因此还发了脾气。他们也在奇怪，杨医生从来没发生过这种情况。黄晓蕊一听越发着急，就来到杨潇家，敲了半天门也没人应。她返回家中，越想越觉得不对劲，就去派出所报案。民警说，人口失踪不超过二十四小时不能立案。她没办法，只好回家。她无数次联系杨潇，就是联系不上，于是今天下午她又去了六院急诊科，科里人说杨潇今天夜班。他们看黄晓蕊特着急，也开始联系杨潇，结果杨潇都没回复。黄晓蕊觉得肯定出事了，又来到派出所，在她的强烈要求下，民警随同她来到死者家中，打开死者家房门后发现杨潇已经死亡。于是就给我们打了电话。"

欧阳喻晓问："黄晓蕊也不是杨潇的直系亲属，派出所怎么就出警了？"

"这个我问过了，据黄晓蕊说，杨潇在这世上没有一个亲人了，她的父母六年前因一场车祸双双离开了人世。杨潇这人不善言谈，不喜欢与人接触，所以也没什么朋友。大概因为黄晓蕊是她老乡，还是个网络作家，所以杨潇挺喜欢和她待在一起的。但两人都忙，三五个月也未必能见到一面。聚会时大多是黄晓蕊讲一些她认为有趣的事，杨潇基本上是个倾听者。黄晓蕊说，第六感告诉她，杨潇一定出事了，她见民警不愿出警，甚至动用了一些关系，好说歹说才和派出所的同志一起过来打开杨潇家的门。"

死者杨潇住在一单元 301 室。欧阳喻晓戴好手套和脚套，踏进这间大约九十平方米的两居室。房间的整体装修简洁大方，室内一尘不染。他想起自己总是乱糟糟的家，不由得暗自叹了口气。一进门，门口嵌在墙体里的三格木制鞋柜上，整齐摆放着两双白色女式平底休闲鞋和一双紫红色丝绒绣花拖鞋。客厅为长方形，陈设颇为简单，落地窗前错落有致的绿植中间，是一个直径为三十五厘米的大花盆，花盆里的紫红色杜鹃花已挂满枝头，开得正茂。离落地窗半米处，在浅紫色暗花布艺沙发配套的贵妃椅靠背上，倚着一个呈坐姿、穿着碎花纱裙的半人高泰迪熊玩偶，在 LED 灯光的笼罩下颇显诡异。奶白色涂漆的木制玻璃茶几上有蒙着藕荷色针织纱帘的茶具。沙发对面墙壁上挂着一台五十二英寸的小米电视机。

客厅一侧的南面是卧室，中间是卫生间，北面是书房。欧阳喻晓推开半掩着的书房的门，入眼就是窗台上盛开的三朵吐着黄褐色花蕊的白色百合花，它插在歪脖黑色陶瓷花瓶里。那充满质感的白色，在重叠的暗红色丝绒窗帘和浅紫色纱帘的映衬下，有一种超凡脱俗的神圣之美。左手边是整面落地书柜墙和书桌一体的家用书写台，书桌上的台式电脑和笔记本电脑品牌都是联想。在工作台中间的空白墙壁上挂着一幅以红色为基调、色彩浓烈、线条扭曲的抽象画，和房间整体冷色调的风格很不协调。左侧书柜里的书应该都和医学有关，其中有几本外文书籍；两侧书柜中间悬空的封闭横格里，摆着十几只新旧不一的泰迪熊玩偶；右侧书柜里的书很杂，文学名著、哲学、心理学、宗教、生活百科，无所不有。他的目光在看到一本名为《洁癖》的书时停住了，暗想，现在的作家真是啥都能写，这也能写成书。他将书从书柜里抽出来，只见黑底封面上有个视觉凹凸感很强的奇形怪状的人头，书名是白色字体，下有两行红字，一行英文，欧阳喻晓不认识英文。汉字那行写的是"你的肮脏，唯有用鲜血才能洗涤干净"。他打开书翻了翻，见整本书由一系列胡编乱造的惊悚故事构成，就把书放回原位，又看了眼那幅让他感觉很不舒服的画，皱着眉头退出书房。

欧阳喻晓来到卧室，第一眼就看到窗台上也摆着和书房一样的花瓶和百合花。他用力吸了吸鼻子，一股和书房不一样的淡淡的香味飘进鼻子。他问了句："这是什么香气？不像百合花呢。"

蹲在床前查验尸体的法医肖然抬起头，指了指镶嵌在墙壁里的心形博古架上的白色香熏说："这是迷迭香。这香味真是太棒了。我刚拍了照片，回去查查什么牌子。"

欧阳喻晓看了一眼肖然，见她那双大大的眼睛正盯着自己，赶紧转过头说："快点干活。"肖然吐了吐舌头，继续查验尸体。

欧阳喻晓打开靠墙的衣柜，见横梁上按季节排列挂着长短不一的衣裙；衣柜下面有个大旅行箱，装着死者的私人用品；衣柜侧面是几个横隔，第一个隔断上摆着四个女包，最前面的皮包应该是死者经常使用的，里面整齐地摆放着化妆包、消毒湿巾、装着身份证和各种银行卡以及一千两百元人民币的钱包、两串挂着泰迪熊装饰链的钥匙，还有一个装着纯银筷子的细长小锦缎盒；下面几个横隔摆放着折叠得整整齐齐的床上用品。

尸体躺在两米宽的大床上。只见她身高一米六五左右，身材窈窕匀称，长发及腰，左眼下有一颗圆圆的、长着绒毛的黑色泪痣，双唇紧抿，表情平静，身穿深紫色低胸及踝真丝睡袍，虽有皱褶，却仍很完整地遮住大腿，手指甲、脚指甲都剪得恰到好处，无一点污垢。肉眼可见浅紫色印花纯棉床单上有三处不大、不是很清晰的洇湿痕迹。床头柜上有两只空高脚杯，一只杯沿处有明显的口红印迹。浅藕荷色方形台灯下，压着一张印有泰迪熊的卡通便签，一行略显生涩的笔迹赫然跃于其上："我是自杀，请不要解剖我的遗体！"

欧阳喻晓将这张便签举到头顶，在灯光下来回翻了两次。旁边搜集指纹和物证的刑警刘志刚笑道："队长，我看你是谍战剧看多了，这纸条还能有秘密不成？"

欧阳喻晓用脚踢了他一下："哪那么多废话！"他俯下身，拉开床头柜的第一层抽屉，见里面有一个方形檀香木首饰盒。打开仿古的月牙形钩锁，里面装有三个锦缎小首饰盒，分别装着紫罗兰翡翠手镯、项链、戒指；下层抽屉里也有个首饰盒，里面是一些头饰和小物件。他关上抽屉，蹲到肖然旁边，仔细观察尸体。

肖然见他蹲下，开口道："我刚才仔细查验了死者的身体，未发现任何外部创伤。根据死者的表情、尸体呈现的尸斑颜色、关节僵硬度和指压褪色等初步推断死亡原因可能是氰化钾中毒，死亡时间大约在昨天凌晨1点到3点。"

欧阳喻晓又看了一眼便笺，将它装进证物袋，问道："你们怎么看？"

"不像是自杀，刚才我闻了闻，床单上的印迹有两处是精斑，另一处是葡萄酒残留物。你们再看看她身上穿的睡衣，还有床头柜上的两个酒杯，很明显，她在死前发生过性行为。从她的表情和屋内并没有任何挣扎的痕迹上看，也不像是被强奸。那么一个女人在和男人做爱之后，怎么可能自杀呢？这应该是凶手的欲盖弥彰。"肖然分析道。

"我同意肖然的推断，但有一点实在解释不通，若是凶手留下的这张便签，说不过去啊。我们只要对照下笔迹，很容易就能发现不是死者写的。再说，留下这么明显的线索，这不是等于告诉我们是谁杀了她吗？"刘志刚说道。

"我看你们是把问题想复杂了。我刚才仔细检查过房间的门窗，没有一点损坏的痕迹，屋子里也没有被翻动的迹象，两只酒杯上的指纹很清晰，很明显一个是死者的，另一个应该是和死者发生性关系的男人的。若是有第三人谋杀死者，除非他是隐形人，要不怎么可能让死者喝下含有氰化钾的酒？我倾向于她是自杀。"刑警张天昊说道。

"化验结果未出来前，你怎么知道酒里含有氰化钾？再说了，若是酒里含有氰化钾，那么最有可能给杨潇下毒的就是那个男人，不需要存在第三者。"刘志刚反驳道。

"刚才肖然说了，她检查尸体时未发现注射针孔，也未发现强灌的痕迹，并且屋内也没有氰化钾燃烧物的气味，所以我推断是食物里下的毒。刚才我去厨房和饭厅仔细查看过，都收拾得非常干净，连垃圾都没有。若是在其他食物里下的毒，按氰化钾中毒死亡的时间，是不可能没有残留物的。哦，对了，死者真是精致主义者，就连厨房的窗台上也摆着和这里一样的百合花。"张天昊指了指窗台上的花瓶说道。

"对呀，这不更证明凶手打扫过现场吗？"刘志刚反问了句。

"从死者家中门窗无任何被撬过的痕迹，手提包里的财物以及床头柜抽屉里的珠宝都没有被盗来看，可以排除入室盗窃杀人。在没有确切的证据证明她是自杀前，我们先按他杀来调查她的死亡原因。志刚，你明天继续询问黄晓燕，看看能否完全排除她的作案嫌疑，然后到六院跟急诊科同志了解下杨潇的情况，看看有没有仇杀或情杀的可能；天昊，你明天将这些物证送到物证科，请他们帮忙提取指纹、化验唾液，再查下小区和这栋楼的监控录像，看能否锁定进入死者房间的嫌疑人，还有就是调出死者生前的电话记录及微信记录，看看是否能找到别的线索；肖然，你明天解剖下尸体，确定死者的死因。"欧阳喻晓看了眼手机，继续说道，"快12点了，今天就到这儿。明天下午4点我们开个碰头会，综合下各自调查的情况。"

二

6月19日，下午4点，分局刑警一队会议室。

"大家都说说各自调查的情况。"欧阳喻晓指着大屏幕上杨潇的遗体视频，开门见山地说道。

刘志刚今年三十二岁，曾在市局举办的警察搏击大赛中获得第二名。他平时喜欢穿安德玛运动健身服，一到夏天，衣服下健美的凹凸身材总能让街上的美女多看两眼。因此，张天昊总挖苦他，说他就是为了让美女多看他几眼才坚持不懈锻炼的。他听欧阳喻晓说完，拿出录音笔首先开了口："通过调查，可以确定黄晓薇不是凶手。今天上午我详细询问了她6月16日的行程：那天白天，她一整天都在家里写小说，这点钟点工可以证实。晚上吃完晚饭，她应约参加了一个网络作家的小型聚会，几个人侃小说侃到10点多去吃夜宵，喝到下半夜，快2点了才散场。那时她已经醉了，有两个人把她送回家，她根本没有作案时间。"刘志刚说到这儿顿了顿，看了一眼在笔记本上记着什么的欧阳喻晓，接着说道："通过对她的询问，我发现一件很有意思的事：这个黄晓薇并非像她自己说的那样，是杨潇最好的朋友。"

见在场众人的目光齐齐看向他，他接着说道："当我问她是否知道杨潇有男朋友时，她当时的表情很惊讶，好像很奇怪我会问这个问题似的，絮絮叨叨地说了好多。"他摆弄几下录音笔，里面传出黄晓薇的声音："杨潇没有男朋友啊，自从三年前认识她，从来就没听她提起过有男朋友。她怎么可能有男朋友呢？谁愿意和她谈恋爱啊！开始我还奇怪，杨潇虽然长得不算漂亮，但以她这样的条件，追她的男人应该很多啊。后来我发现，她没男朋友太正常了，她有很严重的洁癖。"录音笔里的声音停顿了几秒，黄晓蕤的声音再次传出来："这么说吧，每次我们一起吃饭，她都先把我俩的餐具用她自己带的消毒液先消消毒，然后再用热水烫两遍。还有，她从来不用饭店的筷子，都用那副她从不离身的银筷，那银筷是 S999 纯银，品牌是银器时代，我上网查过，七百多呢。我还和她开过玩笑，问她为什么非得用银筷，是怕别人下毒吗？当时，她的表情有一点尴尬，让我感觉，我还真猜对了。但她跟我说的却是使用银筷的好处，说银筷遇水能产生银离子，而银离子有杀毒灭菌的作用。她是医生，这些我还能理解，可更奇葩的是我去她家那次。我的天啊！去之后我暗暗发誓，再也不去了。"声音到此又中断了几秒，然后再次响起，"你为什么问我她有没有男朋友？难道你们发现她有男朋友了？"录音笔里传出刘志刚的声音："这个你不用问，只要告诉我，为什么你认为杨潇不会有男朋友就行了。"黄晓蕤的声音继续传出来："哦哦……有一天我们正一起吃饭，她们单位有人给她打电话，求她回科里帮忙处理一个紧急的外伤患者。她因为休假，车放到 4S 店保养去了，就让我送她回趟家取点东西，然后再送她去单位。我们到她家楼下后，她本来是要自己上楼的，我出于好奇，想去看看她家到底什么样，就提出跟她一起上去。当时我看出来她不太高兴，但也没好意思直接拒绝。可还没等进门，我就后悔了。你猜她怎么做的？"声音又停了。

刘志刚按下暂停键对大家说："这个黄晓蕤还真是写小说的，她说到这儿不说了，细眯着眼打量我。嘿！我也没惯着她，就是不主动张口问。"

"志刚哥，让你讲案情，看你这个啰唆，你看上了人家还是咋的？快点往下听啊，那个杨潇到底怎么了？"张天昊瞪圆了眼，着急地问道。

刘志刚乐了："看你小子急的，多亏没让你去询问黄晓蕤，要你就被她带沟里了。你还真别说，黄晓蕤那女人真够味，可惜人家看不上我。哈哈……"

他见欧阳喻晓抬起手，知道他要敲桌子，赶紧按下播音键，黄晓蕤的声音又传了出来："杨潇打开门后跟我说：'晓蕤，你先等下，我家里从没有别人来过，所以门口鞋柜也没预备拖鞋，你先等我给你取我买回来没人穿过的。'她说完就先进了屋，好大一会儿才拿着两张那种手术用的一次性无菌治疗巾和一个无纺布袋出来。她打开其中一张无菌治疗巾铺在门口，然后将布袋里的新拖鞋放在上面。我一见这架势，立马说，我手机落车里了，我先下楼，车里等你。我说完，看她好像松了一口气似的说：'那行，等我两分钟。'警官，你说，就杨潇这样，哪个男人敢和她谈恋爱啊？"

刘志刚播放完这段录音，说道："从黄晓蕤的表情上看，她说的话或许有一点夸张，但绝不像假话。从这些话里不难看出，她根本不知道昨夜那个神秘男子，并且她连杨潇的家门都没迈进去过。也许在杨潇心里，黄晓蕤只不过是偶尔能在一起坐坐的朋友……"

欧阳喻晓打断刘志刚的分析："这么看来，黄晓蕤的嫌疑能排除了。志刚，你再说说去六院的调查结果。"

"下午我去六院了解情况，据他们科室的人反映，杨潇的医术很棒，是急诊科的医疗骨干，也是急诊处理外伤和急性心肌梗死的学科带头人。她平时跟同事话特别少，倒是跟患者话多些，不只仔细询问患者病情，有时还询问病人的家庭情况。她每天上下班都是独来独往的，没听说有人跟她有过私下的交往。哦，对了，杨潇确实有洁癖。他们都说，若是无意中碰到她的水杯什么的，她得用消毒液来回擦拭好几遍。若是有人无意中碰到她的身体，她会很刻意地躲避并且能感觉出她的身体有轻微的战栗。说是有一年夏天，几个护士午休时联合起来和她开玩笑，把她逼到医生办公室的墙角，一个老护士用手摸她脖子、手臂，明显看到她身上急速地起了一层鸡皮疙瘩并且随着护士的手来回移动，杨潇出现类似窒息的症状，给这些人吓坏了。从那以后，大家更加注意，尽量不触碰她的身体和物品。也是奇怪，她在抢救病人的时候，反而没有这样的情况。我又询问了他们杨潇会不会得罪了什么人，有没有什么医疗纠纷，他们都说，别看杨潇不与同事们私下往来，但若真有事求她，她基本不会拒绝。这样的人怎么可能得罪人？因医疗纠纷引起的仇恨也不可能，他们从没见杨潇跟患者或家属争吵过。不过，在我要离开医院的时候，跟杨潇对班的年纪三十多岁的护士跟过来，悄悄跟我说：'要说杨大夫跟什么人有矛盾的话，那一定是刘主任。刘主任的医术比杨潇差多了，就靠溜须拍马才当上科主任的。别看他表面对杨大夫挺尊重，总说咱们科离不开杨大夫，可私下却害怕她抢他的位置，经常暗地里给杨大夫使绊子，连年底先进都不给她。也不知道杨大夫是不懂还是真不在乎，从来没听过杨潇去找过他。还有更让人恶心的事，去年杨大夫的论文被英国的一家什么权威杂志转载了，人家杨大夫自己都没宣传，不知道他咋知道的，大概出于嫉妒吧，四处宣扬说她的论文有些地方是抄袭别人的。'"

刘志刚喝了口水，接着说："我找刘主任调查杨潇时，丝毫没看出他有什么异样。虽说这个护士说的理由不能构成杀人动机，但我还是查了下急诊科这些天的值班记录。事发那天刘主任是夜班，第二天杨潇没来，他又替了杨潇一个白班。这可能是他发火的原因，所以他也可以排除嫌疑。"

"你没问这些天死者有什么异常吗？"欧阳喻晓问道。

"问了。他们都说死者每天按时上下班，没发现有什么异常。要说异常的话，就是大家都发现杨潇最近瘦了不少。有人问过她怎么瘦了，她说没什么，可能是太累了。前台有个护士反映，前段时间她看到杨潇躲在厕所里吐过几次，当时她的脸色很不好看。那个护士说的时候眼神有点古怪，还说这个不好问原因啦，看样子是怀疑杨潇怀孕了。哦，对了，还有一个医生反映，有一天夜班的时候，他发现杨潇出现过一次木僵。那天，他给病人做完检查回医生办公室时，见杨潇坐在椅子上动弹不得，但头脑很清醒，她告诉他，不用动她，也不用采取什么急救措施，只要帮她拿来替米沙坦片和速效救心丸就可以。后来他还问过她，那天她怎么了，她说没什么，只说是老毛病了。那个医生还说，其实他看出来了，可能是她过度焦虑引起血压陡然升高，造成全身血管痉挛。他还说：'像我们急诊科的医生，每天平均接诊三百多人次，危重的病人占一大部分，医生患焦虑症太正常了，就看自身调节能力了。所以我也没太在意。'"

"你没问这些情况具体从什么时候开始的？又是什么导致她急性木僵发作的？"欧阳喻晓追问道。

"问了。她们都说记不清了，但时间不会太久。我觉得这个跟案子关系不大，也没继续往下查。"刘志刚说。

"尸检报告出来后，就知道死者是否怀有身孕了。不管她是否怀孕，你都要继续查这个线索，我们不能放过任何一个细节。"欧阳喻晓说道。

肖然将了将扎在脑后的长发，接着道："死者没有怀孕，也没有做过人工流产的痕迹。如果将死者呕吐和身体僵直联系起来看，造成这些症状的原因，可能是死者患有颈椎病、心脑血管疾病、焦虑症或抑郁症，但我在解剖尸体的过程中，除发现她的颈椎第三节有轻微骨质增生外，并没有发现她有心脑血管疾病，而轻微的骨质增生是不能造成上述症状的。不过，从她有那么明显的洁癖行为来看，她很可能患有严重的焦虑症和抑郁症，但我们并没有在她家发现有治疗这方面疾病的药物。"

欧阳喻晓在笔记本上写下几个字，说道："这个疑点先放一放。肖然，你说说尸检情况。"

"我在尸检时，通过对血液和身体里残留的尿液进行检测，发现样本中5-羟基色醇和5-羟基吲哚乙酸的含量都大于15，可见死者生前饮用了大量的酒精制品。还有一项化验结果很令我惊奇，致使杨潇死亡的氰化钾用量大约在19.07毫克到19.10毫克之间，这个用量简直是太精确了，下毒者一定对杨潇的体重和药物耐受度等情况非常了解。因为氰化钾的致死剂量往往存在个体差异，与人的体重、身体强壮程度，甚至当时胃里残余的食物多少都有关系。能令人快速死亡而又不给人带来太多痛苦的氰化钾比例，大约是每公斤用量 0.35 毫克，而杨潇的体重是 54.5 公斤，可见这个剂量是下毒者经过精心计算的。从这一点看，我认为杨潇自杀的可能性略大些，但若是和杨潇发生性行为的男人是杨潇的情人，并从事医学方面的工作，那么他的嫌疑就不能排除。"神色略显疲惫的肖然讲到这里，看了一眼欧阳喻晓，"队长，你怎么看这个案子？"

欧阳喻晓没回答肖然的问题，而是指了指张天昊，说道："天昊，说说你这边的调查情况。杨潇是自杀还是他杀，昨夜那个男人才是关键。"

"队长，若是杨潇有那么严重的洁癖，昨夜那个神秘男子是不是就有杀人动机了？会不会因为他求爱不成起了杀心呢？"刘志刚还没等张天昊开口，插了一句。

"这个不可能。若是突然才起的杀心，怎么可能预先准备剂量精确的氰化钾？"肖然摇头说道。

"你俩先别讨论了，听天昊说调查情况。"欧阳喻晓敲了敲桌子说道。刘志刚冲肖然做了个鬼脸，肖然瞪了他一眼，又不好意思地看了欧阳喻晓一眼，拿起水杯走出会议室。

张天昊二十六岁，是一队年纪最小的刑警。大连警官学院毕业后，他被分配到分局的经侦处，但他整天琢磨着要干刑警。前年 6 月，刑警一队在一次围捕逃犯的行动中，牺牲了一名同志，欧阳喻晓向局里提出要补充一名在电脑方面有特长的刑警，张天昊便被调了过来。

张天昊指了指摆在他面前的一摞纸质文档，又晃动着笔记本电脑的鼠标，开口道："我查看了死者杨潇生前一个月的通话记录，以及手机和电脑上的微信、QQ、微博、头条、淘宝、京东、美团，还有登录各类网站的痕迹，发现死者确实没有什么朋友，除了三天前给黄晓蕤打过一次电话，她没打出过别的电话，二十一个来电都是送快递和外卖的。微信里的信息基本是和同事之间很简短的工作交流，有两次微信交流时间略长，是指导患者家属怎么给患者用药，以及指导鼻饲和插尿管的方法。从她购买的物品看，她对生活品质的要求很高。"张天昊点了下鼠标，指着墙壁上的投影屏显示的图片："这只在杨潇家书柜正中间封闭横格里摆放的泰迪熊玩偶是她十天前买的，你们猜猜多少钱？"

"一个布娃娃能有多少钱？既然你这么问一定不能便宜，三百？"刘志刚说。

"天昊，别卖关子，赶紧往下讲。难道你不饿吗？"欧阳喻晓看了眼墙壁上挂钟的时间，已经是傍晚的6点45分了。

肖然推门走进来说："等你这个队长想起吃饭，我们早就饿死了。我就知道今天咱们还得加班，刚才在美团上订饭了，一会饭就能送来。"

欧阳喻晓挠了挠头，朝肖然笑了笑。刘志刚和张天昊差不多同时竖起大拇指，异口同声道："咱们的然然是最棒的！"

身穿白大衣的肖然坐回原来的座位，说道："你俩别贫了，一会儿队长又该骂你们了。天昊你快继续往下说吧。"

"这款深灰色泰迪熊玩偶，是德国某品牌限量版发售毛绒玩具中的其中一只，价格将近四千元……"

还没等张天昊说完，刘志刚惊呼道："我去，一个布娃娃四千元！她没男朋友就对了，什么样的男人能养得起她！"

肖然听罢，抬头仔细看屏幕上的图片，流露出羡慕的表情。

欧阳喻晓又敲了两下桌子，还没等他开口，张天昊接着说："这不算什么，我还发现更令人吃惊的事。在我查看她的网购记录时，发现这几年她购买了四件性能不同的女性自慰器，可是我们在搜查她家房间时，一件也没看到啊。难道凶手把这些东西偷走了？"

"按你的说法推测，凶手是女的？这简直是天方夜谭。女的也不会偷那些东西吧，那可是私密用品。或许她买来送人了？要不她还有别的房子？"刘志刚忍不住又插嘴道。

欧阳喻晓没吭声，在笔记本上画了一个大大的问号。会议室突然静下来，静得都能听到挂钟的嘀嗒声。大约半分钟的时间，欧阳喻晓打破了沉默："天昊，先不管这些东西哪儿去了，你继续说说对昨夜神秘男子的调查情况。"

张天昊一拍脑门，说道："对对，这个才是此案的重点。经过排查死者小区的监控录像，并与事发当天死者行程轨迹进行对比，可以推断出那夜进入死者家中的男人是申明奇。"

张天昊打开一个视频，解释说："死者单元楼一楼楼道里的监控显示，那天杨潇在上午9点10分下楼取了一份外卖。你们看，杨潇为了不与快递员接触，她手里拎了一个方形竹筐。"

"真别说，这还真是个好办法。"肖然插了一句，当她意识到又打断张天昊的话了，不好意思地冲欧阳喻晓眨了眨眼。

张天昊并没被她的话干扰思路，接着又陆续打开几个视频："这是死者小区门口的监控视频，从这里能看出，死者在上午10点15分开车出了小区，下午3点36分回到小区，3点42分进入单元楼坐电梯回到家中，之后再没出去。于是，我重点排查了从这个时间到第二天凌晨楼道里的监控，锁定了进入杨潇家的神秘男子。"

张天昊播放了一个身高一米七左右、身材瘦小的男人，在事发当晚6点55分走入楼道，按下三楼电梯的视频和晚上10点25分，男子走出单元楼的视频，以及这个男人在下午6点47分开着一辆车牌号为辽X336XX的白色雅阁进入小区时，下车在物业值班室办临时停车后进入小区登记的视频和晚10点30分这辆白色雅阁开出小区的视频。

"你是怎么这么快就锁定这个人的？"欧阳喻晓问道。

　　"那天这个时间段进入死者单元楼的一共二十四人，我将他们与住在这个单元的住户进行了比对，发现只有三个人不是这栋单元里的居民。这三个人分别按了电梯的六层、四层、三层，所以我先核实按三层电梯这个人的身份，结果立刻就锁定了他。"

　　张天昊指着投影仪上的人像说："这人叫申明奇，今年五十二岁，是我国某医科大学研招院的博士生导师。他在1989年获得病理生理学硕士学位，1997年在日本山梨医科大学获得药理学博士学位，师从日本著名的药理学家桥本一郎教授。2006年去美国留学，2010年回到国内工作，目前正在研究有关临床药理学与治疗学方面的课题。再通过查看杨潇的档案，发现他在八年前曾是杨潇的硕士生导师。于是，我跟医学院保卫处和学院的党组副书记取得联系，询问申明奇的近况。据他们说，申明奇这两天没有什么异常，每天都和他的几个学生在实验室里待到很晚才回家。"

　　张天昊说到这儿停住了，看了看肖然刚才拿进屋的盒饭，又对刘志刚挤了挤眼睛。欧阳喻晓笑了："你小子有屁就放，还想联合志刚造反啊？行，咱先吃饭，吃完饭再说。"

　　欧阳喻晓很快吃罢了晚饭，对还在吃饭的几个人说道："今天我走访了杨潇小区的物业和邻居。据他们反映，杨潇偶尔有午夜醉醺醺回来的时候，但她都用事先拿在手里的门卡刷卡进小区，从来没麻烦过门口的保安。邻居们对杨潇的印象不一，有说她总是牛哄哄的，见谁都不搭理；也有说一看杨潇就是个文化人，衣着总是很得体，从未见她跟什么人在小区内闲聊过。住她家对面的邻居大姐反映说，杨医生真是个好人，虽然她从来不跟他们交谈，但若是在楼道里碰到，她都会微笑示意，前年，还救过她老伴一命。有一天，杨潇发现她老伴最近一段时间面色发黑，还瘦了不少，就问她，他有没有腹胀、便秘的症状，说怀疑他的肝脏出了问题，建议她带他老伴去医院做检查。开始她老伴舍不得花检查费，说杨潇是职业病。但她知道，她老伴经常喝酒，最近一喝酒就醉，第二天一整天都起不来。她怕真出什么问题把老伴的病情耽误了，好说歹说带他去医院做了检查，结果还真是肝硬化早期。医生说多亏发现得及时，要不晚了想治都治不了了。她和老伴都挺感谢杨潇，买个水果篮要送给她，可杨潇说啥都没要，也没让他们进家门。我问她，在事发那天晚上，可曾听到过有什么异常响动，她说她和杨潇住对面屋五年，就没听到过什么异常响动，杨潇家总是静悄悄的。临走时，那位大姐竟然说，真是好人不长命啊。"

欧阳喻晓见刘志刚他们先后放下了筷子，对肖然说："肖然，麻烦你简单收拾下。"

"队长，每次你都假惺惺地说麻烦肖然收拾下，哪次不是她收拾？"刘志刚向肖然抛了个谄媚的眼神，肖然就像没看见，麻利地收拾起桌上的残羹剩饭。

"就你话多。"欧阳喻晓将刚才团起的废纸团撇向刘志刚，然后转头问张天昊："按你刚才说的，事发当晚进入死者家的是这个申明奇，再加上他是医学专业博士导师，那么他具备给死者下毒的条件。但他若是凶手，疑点实在太多了，证据也明显不足。目前，酒杯上的指纹和床单上精斑提取的DNA并没有和他本人比对，并不能确定和杨潇发生性关系的人就是他。刚才天昊说了，在杨潇生前一个月内的通话记录以及微信等社交平台，没发现她跟申明奇联系过，那么，这个申明奇是怎么去的杨潇家？天昊，你还得再往前查，看看他俩到底是怎么联系的。这点非常重要。若是申明奇不是死者邀请，而是贸然去的她家，那么他的作案嫌疑就很大；反之，他的作案嫌疑可能就小。再有，根据小区监控显示，申明奇晚上10点25分离开单元楼、10点30分开车出了小区，那么在他离开后到死者死亡这段时间，是否还有人进入过杨潇家？若是申明奇下的毒，为什么杨潇是在几个小时后才服下氰化钾的呢？他是通过什么方法使杨潇服毒的时间延后的？还有，盛装葡萄酒的瓶子哪儿去了？这些疑点，目前我们手里的证据都不能加以解释。"欧阳喻晓顿了顿，看了眼笔记本，问张天昊："那两个酒杯里的残留物化验了吗？"

"化验了，据物证科提供的报告，葡萄酒里确实含有氰化钾的成分。不过奇怪的是，并不是有口红的那只杯子。"张天昊说。

欧阳喻晓听到这儿看了看时间，已经 10 点 35 分了。他将手中的笔放到桌上，说道："从目前掌握的情况看，还不能确定死者是他杀还是自杀。如果我们假设申明奇不是凶手，杨潇是自杀的，那么促使杨潇自杀的原因又是什么呢？为什么她非要等申明奇去她家之后再自杀呢？他俩到底是什么关系？这些疑问不解决，这个案子就得继续查下去。天昊，你明天去趟医科大学，着重调查下申明奇在担任杨潇硕士生导师时，他们之间到底发生过什么。对了，还要带回来一份有他笔迹的材料交给物证科，请他们核验，便签上的笔迹是不是他的。然后将申明奇请到局里，先晾他两小时，咱们再和他正面接触接触，争取有所突破。志刚，你再去趟六院急诊科，请他们仔细回忆下，杨潇到底从什么时候开始出现呕吐、木僵等症状的，还有她是在什么情况下出现这种症状的……"

"队长这个建议好。我们假设杨潇有焦虑症和抑郁症，那她也应该是受到了外部的刺激，才会有这些生理反应。"肖然插嘴道。

"肖然，你也别闲着，等天昊将申明奇带回局里，你给他送点水喝。"欧阳喻晓对肖然说。

肖然俏皮地一笑，应道："明白。"

"我明天再去趟死者小区和案发现场，看看能不能找到装葡萄酒的瓶子。真是奇怪，现场没有找到一个开封的酒瓶，那么那两只酒杯里的酒哪儿来的？难道真有一个隐形人，我们没有发现？"欧阳喻晓既像自言自语，又像询问在座的几个人。

刘志刚、张天昊、肖然都你瞅我、我瞅你，没人接队长的问话。

"行了，今天就这样吧。回家后早点休息，明天继续战斗。"欧阳喻晓终于说了这句肖然他们几个盼着他说的话。

三

6月20日，下午3点，刑警队询问室。

欧阳喻晓仔细打量着坐在桌对面的申明奇，只见他将齐耳蓬松的花白头发梳到脑后，额头上的三才纹很深，细眯眼，右眉中间有一块浅疤，面色略显苍白，有微微凸起的将军肚。在张天昊例行询问他个人信息时，他的左手自然地放在大腿上，右手修长的手指轮番在桌面上有节奏地敲击着。指甲饱满，右手食指和中指中间部位颜色焦黄。他的眼神充满疑问地在欧阳喻晓和张天昊的脸上来回游移，但目光澄澈。

"警官，为什么把我带到这里啊？你们要知道，我的时间是很宝贵的。"申明奇的声音不高，但语气中有明显的质问。

"申教授，把您请到这儿来肯定是有原因的。说说吧，6月16日那天你都做了什么。"

"6月16日？"申明奇想了大约有两分钟的时间，说道，"那天我按惯例6点10分准时起床，洗漱完毕去离我家不远的苏菲花园打了一套太极拳，回家后开车先将夫人送到单位，然后去上班。8点25分左右进的单位，去食堂吃了点早餐，8点55分开始工作，直到下班回家。"申明奇说到这儿皱起眉头，看了看欧阳喻晓和张天昊，不说话了。

欧阳喻晓目光凌厉地盯着申明奇的眼睛，问道："时间记得够精准的。您确定下班就回家了？回家后没出去？申教授，您要清楚，我们不会无缘无故请您到这儿来的。最好想清楚再说，不要说谎。"

"我每天都这个流程，早上起床是定的闹钟，一分不差的。"申明奇说这话的时候，眼神里有一丝不易察觉的不屑，紧接着脸色微微泛红，两只手绞在一起，声音很低地说道，"我……我……下班后去了趟以前的学生家。"

欧阳喻晓和张天昊交换了一下眼神，张天昊道："那您说说吧，到杨潇家后都发生了什么。"

"你们知道我去了杨潇家？你们是因为杨潇让我到这儿来的？杨潇怎么了？她报警了？怎么可能？！"申明奇噌地一下从椅子上站起来，脸涨得通红，双手按住桌子，身子前倾，看着欧阳喻晓大声地问道。

"申教授，您别激动，先坐下，您只要把那天去杨潇家后都发生了什么，详细地说给我们听就行了。您放心，我们不会冤枉一个好人的。尤其是像您这样国内知名的医学教授，我们更会慎重对待。"欧阳喻晓安抚他道。

申明奇一听欧阳喻晓说他是国内知名教授，明显感到很受用。他坐回座位上，语速略微放缓地说道："那天，我按她告诉我的地址准时来到她家。她见我应邀而来很高兴，让我在客厅坐会，她去做晚餐。我本打算去厨房帮她打打下手，但看她已经把牛排煨好了，水果和蔬菜也都洗得干干净净，觉得插不上手，就在她的允许下，去书房看她的著作。等她把晚餐弄好叫我，我们开始吃饭。那天我们喝了差不多三瓶红酒吧，第三瓶刚打开时，我就觉得有些晕，然后……然后，我就跟她道别，回到家时差不多 11 点吧，没洗漱就睡下了。"

欧阳喻晓见申明奇说完低下头没有再往下说的意思了，问道："您和杨潇平时经常来往吗？是她约的您去她家？她是怎么约的您？"

申明奇沉吟了下，说："上上周她来学院找我，约我那天去她家吃晚餐。"他顿了顿，像是想起什么来，接着说道："咦，这点有些奇怪。杨潇已经好几年没和我联系了。我呢，整天带学生忙得不行，也没时间跟她联系。三年前，她有几篇专业论文被英国和瑞士的几本医学专著收录后，我曾给她打电话祝贺，约她出来见见，她说她太忙了，也就不了了之了。去年，我见她的几篇论文又被 BMJ、NEJM 转载，还真想过给她打电话祝贺，但现在年龄大了，记不清因为什么事就给忘了。那天她来找我，当时我挺惊讶，但也很高兴。当她邀请我去她家坐坐时，就毫不犹豫地答应了。"

欧阳喻晓又和张天昊对望了一眼，他正想往下问，刘志刚推开门向他招手，他走出询问室。申明奇看他出去了，问张天昊："警官，你能告诉我杨潇到底怎么了吗？"

张天昊就像没听见一样，低头摆弄手机。不一会儿，欧阳喻晓拿着几个证物袋走进来。他坐下后，继续询问申明奇："申教授，您说杨潇去您单位约您，有人能证明吗？"

申明奇想了想，说："有人能证明，那天我有课，下课见到的杨潇。当时有两个学生看到了，我还介绍了下，让他们向师姐学习。哦，我那两个学生叫陈子仪和杨明，你们可以去核实。"

"您说那天您和杨潇喝了差不多三瓶红酒，喝的什么酒？"

"喝的什么酒？这个我还真说不清楚。我酒量小，平时不太喜欢喝酒。不过那个酒很好喝，入口甘醇、清冽。对了，酒瓶很有特色，是歪着脖子的。"

张天昊一听，酒瓶是歪着脖子的，打开手机相册，让申明奇看他拍的杨潇家的百合花。

申明奇指着插着百合花的花瓶，不无赞叹地说道："对、对，就这个酒瓶。杨潇总是把生活搞得很有情调，你们看这花多美。"

"你那天没在书房和卧室看到这花吗？"欧阳喻晓追问道。

申明奇想了想："是有束百合花，不过是摆在餐桌上的啊，书房和卧室没有啊……"说到这儿，他突然停了，尴尬地看向欧阳喻晓和张天昊。

"申教授不用再隐瞒了，现在科学这么发达，通过您的唾液提取的 DNA 和您留在杨潇体内的精液一对比，您怎么可能隐瞒事实呢？您还是详细讲讲您和杨潇的关系，以及那天到底发生了什么吧。您若还不说实话，等我们拿出证据，您再想说就晚了。"

"警官，警官，你说什么？我的 DNA？和……和……杨潇体内……天啊，杨潇到底怎么了？！求求你们，告诉我吧！"申明奇失控地站起来，来回紧走了两步，歇斯底里地大声喊道。

欧阳喻晓紧紧盯着申明奇的眼睛，发现他眼睛瞪得溜圆，眼神发直，瞳孔有明显地收缩。申明奇见两个警官都一声不响地盯着他看，站直身长吁了口气，抻了抻并没有皱褶的衣角，努力平复下情绪，重新坐了下来。

"对不起，我失控了。"他说完这句话便不再言语。屋内的空气像突然被冻住了，静得能听见三个人的喘息声。

欧阳喻晓见他情绪平复下来，将一个证物袋推到了申明奇的面前，停了两秒，开口说道："杨潇已经死了，就在你去她家那天夜里。申教授，说说吧，你是怎么杀死她的。"

申明奇像是没听到欧阳喻晓的话，而是紧紧盯着证物袋里的便签，惊呼道："这……这像我的笔迹！天哪，竟然这么像我的笔迹！可是、可是，这不是我写的！这真不是我写的！这到底怎么回事？这到底怎么回事？"他充满疑惑、惊恐地看着欧阳喻晓，突然像想起什么来，声音中隐含着压抑不住的惊恐："警官，您说什么，杨潇死了？怎么可能？她怎么可能会死？她怎么死的？是谁杀了她？"

欧阳喻晓站起身，来到申明奇身边，拍了拍他的肩膀，冲屋角的监控摄像头喊道："志刚，给申教授再打杯水来。"

"申教授，请您冷静下！您提的这些问题，正是我们想问您的。在杨潇的家里，我们发现了这张便签。您也看到了，上面的字迹和您的笔迹一模一样，您又说不是您写的，那这张便签谁写的？难道有另外一个人进了杨潇的家，杀死杨潇后模仿您的笔迹陷害您吗？可是我们在现场并没有发现其他人的指纹和痕迹，目前所有的证据都指向您。您怎么解释？"

申明奇瘫倒在座位上，闭上双眼，声音哽咽地喊道："这到底是怎么回事啊？杨潇、杨潇怎么会死呢？"

张天昊见他泪水不受控制地往外涌，推过去一包纸巾。

申明奇双手捂住双眼，哭着说道："难道她恨我？她是自杀？"

欧阳喻晓和张天昊又交换了一下眼神，张天昊刚要张嘴，欧阳喻晓摇了摇头。两个人看着捂着脸的申明奇，虽然他努力克制着自己的情绪，不让自己哭出声来，但双肩一耸一耸地，泪水也不断从指缝中溢出。

过了好一会儿，申明奇拿开双手，用纸巾擦了擦眼睛，擤了擤鼻子，抱歉地对欧阳喻晓和张天昊说道："警官，对不起，我失态了。在我的学生中，杨潇对医学的专注和悟性都是一流的。真是太可惜了，太可惜了！她怎么可能……怎么可能死了呢……"

欧阳喻晓打断了申明奇的絮叨，问道："申教授，我们还是聊聊那天到底发生了什么吧，您也希望我们尽快找到杨潇的死因是吧？"

"对对，你们看我，唉！"申明奇调整下情绪，回忆道，"那天，杨潇做了四道菜，一份八分熟的牛排，一份意式脆皮沙丁鱼，一份水果蔬菜沙拉，哦，对了，还有一小份法式鹅肝……"

张天昊打断了申明奇，问道："您说一份牛排？"

"嗯，是的。牛排是给我准备的，杨潇说她晚上不吃油腻的东西。"申明奇说。

"哦哦，怪不得。"张天昊看了欧阳喻晓一眼，自语道。

"警官，你说什么怪不得？"

"没什么，您继续。"

"哦，好的。当时，我还打趣了杨潇一句，我说，怪不得这么多年你的厨艺见长，可体重没见长，吃的简直跟猫食一样。她听我说完，好像有些不太高兴，只说：'老师，我们很久没见了，今天就多喝几杯吧。'然后，她就打开一瓶红酒，我们开始吃饭。开始她一直没说话，只一个劲地喝酒，也没夹菜。我知道她的脾气，就先开了口，赞扬她这几年取得了不小的成绩。哦，对了，你们可能不太清楚，这几年她真可以说是成绩斐然。她被英国、瑞士等国的医学专著收录了好几篇专业论文，研究成果已经达到了世界先进水平。这是很不容易的，她毕竟没有从事专业医学研究的条件。她好像知道我会跟她说这些，对我说：'老师，这些也不算什么成绩吧，您也知道，我这个人也没什么爱好，要是不写这些论文，翻阅各种资料和书籍，并针对性地追踪了解一些患者的实际情况，我也没有什么可打发时间的。'我点点头，说：'杨潇，你对医学的钻研不只是方向正确，下的功夫也是非常深的。'说完之后又沉默了一会儿，我借着这个话题，也借着点酒劲问她：'你为什么不找个男朋友呢？晓临一直没消息吗？你总要成个家的。总单着生活是自由，可上了年纪，有个病啥的，身边总得有个人，要不连端水、拿药都费劲。'她听我说完，看了我两眼，自己把杯中的酒喝干，又一句话不说了。她一不说话我就知道，她不高兴了。唉，杨潇跟别人不一样，她不高兴从来不会直接说出来的，不是她有什么城府，而是她觉得任何人都有自己独立的思想，她不高兴只是她个人的事，她不会把自己想法和情绪强加给对方。她真是这世上最好的女人，这样的女人谁忍心伤害她呢？于是我就转移话题，问她在单位工作的情况，她说：'还好吧，老师您是知道的，其实在哪里工作都一样，只要不争不抢，都还过得去的。'我跟她说：'你呀，就是脾气太好，挨欺负了也不说。我前段时间听刘岩说，你们科那个主任，好像是姓刘吧，他竟然散布谣言，说你的论文有部分是抄袭的，这简直就是诽谤！'"

申明奇停了下，解释道："哦，刘岩是我的学生，算是杨潇的学长吧，他在六院的神经内科工作。谁知杨潇听我说完，一点没生气，竟然还笑了，她说：'我也听说了，没什么的，他愿意说什么说什么吧，他说什么也不关我的事。其实我能理解他，他是害怕我抢了他的位置。刘主任这人虽然有些世故，但还是敬业的。急诊科是医患矛盾最多的地方，现在医生越来越不好做，只要有患者找事，便是医生的错。他这个当主任的，就得想办法灭火，再加上科里经常要应付各种必要和不必要的检查，总有这事那事的，本职工作之外的事情既烦琐责任又重，他也不容易的。他家还是双胞胎，听说两个孩子今年高考，他不拼命赚点钱，拿什么供孩子上大学？再有就是，我从来没给他送过礼，他心里也怪我不懂事吧。'"

申明奇说到这儿皱起了眉头，想了想："这么一回忆，杨潇那天是有点怪，她以前从不跟我说她对别人的看法。那天她怎么跟我说了这么多呢？难道这些年杨潇的性格变了？"

欧阳喻晓提醒他："申教授，请您继续讲那天的事好吗？越细越好。"

"哦，哦，好的。我和杨潇边喝边聊，一瓶葡萄酒就见了底，我已经感觉有点晕了，但杨潇又打开了一瓶。我就说：'我的酒量不行你是知道的，我不能再喝了。'杨潇却说：'我们这些年没见了，老师您就再陪我喝点吧，其实我是有些话想问您的。'我说：'你想问我什么就问吧，我是知无不言、言无不尽。'那时我以为她会问我一些专业方面的问题，但她却没问，只是让我陪她干一杯。我实在是喝不下去了，但看她连喝了两杯，就强忍着把整杯酒喝下去了。这时候我感觉晕得更厉害了，就想去卫生间洗把脸，然后就听到她问我：'老师，当年您真心喜欢过我吗？'她这一问，让我清醒了不少，我根本没有做好她会提出这样的问题的心理准备，这个问题太让我难以回答了。我就站起身，告诉她我想去卫生间，她见我并没有立刻回答她，而是说要去卫生间，就说：'对不起，老师，这个问题让您为难了，您不用回答了。'她这样一说，我感到特不好意思，但又确实不想回答这个问题，就说：'杨潇，你是我最好的学生，来，咱俩喝一杯吧。'我和杨潇把这杯酒喝干后，我也不知道为什么会反问她：'那你真心喜欢我吗？'"

申明奇喝了口水，右手往后捋了捋他的头发，看欧阳喻晓和张天昊都聚精会神地等他往下说，便说道："杨潇愣了愣，可能没想到我会反问她，一仰脖又把杯中的酒喝了，然后竟哭了起来。她这一哭我心里特难受，站起来走到她身边想安慰她，但听她说：'老师，当年都是我的错。'我就站住了，突然不敢走上前去安慰她了，我拐了个弯去了卫生间。等我回来时，我看她自己又喝了一杯酒，这时第二瓶酒就见底了。"

申明奇说到这儿又停下来，他见欧阳喻晓在笔记本上写着什么，就问他："警官，你有什么问题可以问我，我一定如实回答。"

"申教授，您接着讲，千万不要有所隐瞒。"欧阳喻晓停下笔，再次提醒申明奇。

"警官，你们放心，我绝不会隐瞒的。事关杨潇的死因，更事关我自己的清白，这时候我怎么敢不说实话？"申明奇直了直腰，身体往椅背那边靠了靠，接着说道，"杨潇那时候也有些醉意了，她对我说：'老师，当年我是多么卑劣啊，我是有意勾引你的。'说完她又哭了起来。我想，她这是怪我刚才没有说喜欢她了？于是就跟她说：'不是的杨潇，不是这样的，其实老师是非常喜欢你的。可是，你也明白，我没有喜欢你的资格啊。'我当时说了很多话，但现在确实记不得还说了什么了，大致就是这个意思吧。杨潇就一直在哭，我为了哄她，就把我给她买的那个泰迪熊玩偶从客厅里抱过来，她把娃娃抱在怀里，过了一会儿还真不哭了。后来我们好像回忆了下当年，然后……然后……就……"他不好意思地看着欧阳喻晓，不说话了。

"你们好像回忆了下当年，怎么是'好像'呢？到底是不是回忆当年？"欧阳喻晓追问道。

"警官，那时我真的醉了，我印象中是回忆当年发生的事。我记得还问过她，为什么不留校，但她怎么回答的，我真的什么都想不起来了。我真的没撒谎。你们要相信我！"申明奇声音有些急。

"按您说的，您已经醉了，不记得是在什么情况下和杨潇发生性行为了。那么是不是您也不记得是几点离开杨潇家的？是不是您做了伤害杨潇的事也不记得了？"张天昊问道。

申明奇激动地喊道："我怎么可能伤害她？她在我心里是那么完美，我怎么可能伤害她？我相信，没有一个和杨潇接近过的男人会忘了她！"

欧阳喻晓对申明奇说："申教授，您别激动，请您回答我们的问题，是否记得您是几点离开杨潇家的？"

"我记得应该是 10 点 30 分左右离开她家的……"还没等申明奇说完，欧阳喻晓打断他追问道："刚才您说，您连说过的话都忘了，那么这个时间您为什么能记得这么清楚，这不是自相矛盾吗？"

"哦。"申明奇拍了拍脑门，解释道，"警官，是我用词不准确，不是我记得，应该说是我推算出的时间。我夫人有个习惯，她怕我喝醉酒，所以在我出去应酬时，晚上 10 点会准时给我打电话，若不接她会没完没了地打，所以这些年，这个时间点就成了我的生物钟了。"他从裤兜里掏出电话，翻了翻，把电话递给张天昊，说道："警官你看，我真没说谎。"

张天昊接过手机看了看，冲欧阳喻晓点点头，然后指着手机屏幕问："这个号码是谁的？"

申明奇接过手机，看了半天："这个是谁的？哦哦，想起来了，这个应该是杨潇帮我找的代驾。"

"杨潇帮您找的代驾？您的意思是说，杨潇那时没喝醉？她也没挽留您？"

申明奇尴尬地苦笑了下："杨潇怎么会挽留我呢？她不会挽留任何人的。"

欧阳喻晓翻了翻笔记本，问道："申教授，我们愿意相信您刚才说的都是实话。那么您跟我们说说，当年您和杨潇之间到底发生过什么？还有您刚才提到的晓临是谁？杨潇会不会因为爱您而您不爱她而自杀呢？"

申明奇非常肯定，毫不犹豫地说道："不会的。肯定不会的！当年，当年我们虽然在一起过，但我们两个人都非常清楚，并不是因为爱情。这也是杨潇那天问我是否爱过她，我无法回答的原因。警官，可以让我抽支烟吗？"

欧阳喻晓点了点头，问道："您可以确定自己当年不是因为爱情，为什么那么肯定杨潇也不是？申教授，您要知道，女人和男人在爱情上的想法是不一样的。"

申明奇从衣兜里掏出一盒细杆的黄鹤楼香烟，问了句："来一根吗？"见他俩都摇头，他点燃一支烟，狠命地吸了两口，接着说道："我能确定杨潇也不是因为爱情。怎么说呢，两个人在一起时，彼此都会从对方的肢体、语言、表情等细微的变化中，感受到只属于自己的一些微妙感觉。这些感觉会在一些人的心里形成一幅画像，当然，这些人在人群中占比很小，大部分人会忽略掉，或许根本没想过去抓住。像我们这种整天做医学实验的人，是非常在乎细节的，因为每一个分子式的形成，都可能因一个分子的微小变化，而改变整个实验的结果。警官，你们能明白我的意思吗？"

他看两个人都面无表情，又用力吸了口烟，继续道："怎么说呢，我和杨潇第一次在一起是在杨潇硕士毕业前的论文答辩阶段。那时我每天带着学生们研究各种课题，整天累得要死，杨潇又是个特别认真的人，她提出的问题最深刻也最多，所以我们两个人在一起的时间也比别人多。有一天，我们因为有一个实验反复做了很多遍，时间已经很晚了，杨潇就说：'这些天给老师添了不少麻烦，我请老师吃宵夜吧。'那天我们喝了不少酒，然后就发生那事了。第二天，我有点后悔自己冲动了，害怕杨潇会因此提出些条件或者会以此为由缠上我。但杨潇并没有那样做，甚至还刻意地避开我，也不像以前那样爱问我问题了。我就觉得自己真是太不地道了，也太不男人了，就找了另外一个教授，要联名推荐她读博，谁知她知道后竟然拒绝了。她真是一个太有个性的女孩子了。我觉得不好意思啊，又想找我的好友帮忙，争取让她留到医大，这可是医学院毕业生梦寐以求的。当然，这不是仅靠私人关系就能解决的。当我跟她说了这个想法后，我能感觉出来她有些犹豫，但她还是拒绝了。我就劝她，让她跟父母商量商量，毕竟这是人生大事，我想她的父母一定会同意的。直到就要毕业了，她也没回复我。在她即将离校前，我觉得她不读博实在有些可惜，想再劝她好好考虑考虑，就约她见面，那天我们又、又在一起了一次。过了几个月，她突然给我打电话，说是她二十八岁生日，让我送给她一个泰迪熊玩偶。我一直对她心存愧疚，自然不能拒绝，特意给她买了一个最大号的。哦，对了，那个玩偶现在她还留着呢，还给它穿了一件碎花的纱裙。那天，她有些反常，神色很憔悴，她告诉我，她在这世上已经没有一个亲人了。她还跟我说，她在大二的时候有个男朋友叫刘晓临，说他在她生日这天，会送她泰迪熊玩偶。她说他俩相处不到两年就分开了。我问她为什么分开，她没说，只说一切都是她的错，还说以后再也见不到他了。当时我跟她说，以后每年都给你买生日礼物。她说不必了，这是我们最后一次在一起了。还说其实我们都知道，我们在一起就是个错误。警官，说心里话，当时我说每年给她买礼物的时候也不过是敷衍，她说不必了，我心里就感到挺踏实。那之后，她去了第六医院工作，除了在院方主办的一次联谊会上见过一面之外，我们就没再见过。"

欧阳喻晓看着陷入回忆的申明奇，突然问了一句："杨潇在二十八岁生日那天跟您说，她在世上没一个亲人了，她以前跟您说过这话吗？"

申明奇惊诧地看着欧阳喻晓，想了想："好像没有，我们在一起的时候大多讨论学术方面的问题，杨潇从不跟我说她私人的事，我也从来不主动问。警官，你问我这个是什么意思？有问题吗？"

"那您知道杨潇的父母是怎么死的吗？"

"不知道啊，怎么死的？"欧阳喻晓从申明奇越发惊诧的目光里，看到他好像在说，她爸妈怎么死的和我有什么关系吗？但他又觉得这样问似乎不太对，但又有些好奇欧阳喻晓为什么这么问他。

"申教授，您可以回去了。这些天您不要离开云阳市，如果想起什么来随时给我们打电话，我们也可能随时找您了解一些情况。谢谢您的配合。"欧阳喻晓站起身对申明奇说。

"我可以回去了？警官，你还没告诉我杨潇父母是怎么死的。"申明奇一脸疑惑地站起来，问欧阳喻晓。

"申教授，您不是觉得杨潇父母的死和您无关吗？怎么还问我们他们是怎么死的？您还是快点回家吧。"张天昊合上笔记本电脑，对申明奇说道。

"哦哦。"申明奇应道。快走到询问室门口时，他回过身问张天昊，"警官，杨潇的死难道和她父母的死有关？难道有人跟她家有仇？"

"您还是赶紧回去吧。"欧阳喻晓拍了拍申明奇的肩膀，率先走出询问室。

四

6月20日，晚上7点45分，刑警一队会议室。

"我说队长，咋又开会？这几天连续加班，就不能让我们有点自由的时间啊？怪不得阿姨总说你是工作狂，你都要把我们整成机器人了……"欧阳喻晓敲了敲桌子，打断刘志刚的话："咋就你话多？别废话了，赶紧把今天各自调查的情况说说，这案子早点结束你也好早点继续泡妞。"

"还泡妞，我哪来的钱泡妞？还真别说，杨潇真是好女人，跟那个教授那啥了，竟然一个条件都没提。唉，要是女人都像她那样该多好。"刘志刚说这话的时候，一脸艳羡的神色。

"我今天在查看她的邮件往来和近年银行往来记录时，发现除工资外，她还有笔额度不小的稿费收入。她家书架上的外文书，除了她入选的论文专著外，估计还有她翻译的。怪不得能保持那么高的消费水平呢，像咱们这样的，人家连看都不会看一眼的。"张天昊边鼓捣他的笔记本电脑边说。

"你们男人啊，都太不了解女人了。我现在越来越相信杨潇是自杀的了。从申明奇的回忆中不难看出，杨潇她太善良了，太完美主义了，什么事都觉得是自己做得不好，从来不怪罪别人。这样的人怎么能不痛苦呢？最可怕的是她的工作环境，又让她看到了社会最真实的一面。她对人类和社会的所有美好幻想，总会被苦难和悲剧击得粉碎，她深知现实就像尸体一样，会不断腐烂，然后不断长出蛆虫。唉！"肖然感慨地说道。

"看，我们的然然也要成哲学家了。"刘志刚道。

"行了，都别感慨了，赶紧说说今天的情况。志刚，你先说。"欧阳喻晓又敲了敲桌子。

"今天上午，我又去了六院急诊科，在我深入、细致地启发引导下，急诊科的人回忆起死者大概是从两三个月前开始有呕吐、木僵这类状况的。我又继续启发他们，那段时间是不是发生了什么事，导致了杨潇的异常。终于有个护士想起来一件事，她说3月17日那天，他们科曾负责当天在十一路发生的公交爆炸案中死伤人员的救治工作。她回忆说，那场面真是太惨了，二十多个人死的死、伤的伤，断胳膊断腿的也不少，最可怜的是一对老夫妻，正好坐在那个拿炸药的人后面，身体都被炸飞了。那天，杨大夫给一个伤者做手术时差点晕倒，脸色特别难看。"

刘志刚说到这儿，问欧阳喻晓："队长，你说杨潇是不是因为这事受刺激了？但这次公交车爆炸案是因一个常年上访的人因上访的问题没有得到解决，对社会不满造成的。和当年杨潇父母因大客车司机疲劳驾驶造成的交通意外，性质不一样啊。"

"虽然事故性质不一样，但结果一样，都造成了很多无辜的人死亡，并且这对老夫妻的惨状肯定让她联想到当年父母的惨状了。这对她来说绝对是一个巨大的刺激，因此她的抑郁、焦虑加重，持续有呕吐、木僵等生理反应也就能解释通了。"肖然分析道。

"哦，对了，黄晓蕤前天还跟我说过一件小事。那天我们开会的时候，我觉得也不算啥事，就没说给你们听。"

"我跟你说过多少次了，不能放过任何一个细节，你就是不听。快放录音。"欧阳喻晓恨铁不成钢地对刘志刚说道。

刘志刚这时已打开录音笔，倒回到那天他和黄晓蕤的谈话，只听黄晓蕤的声音传出来："大概两个多月前吧，有一天杨潇跟我讲了一件事，当时我觉得她有些激动，但她说的事真不算什么事，这个社会打法律擦边球的事情太多了。"

刘志刚的声音："讲讲，到底什么事。"

黄晓蕤的声音传出："她说六院财务处主管残疾军人报销的人和不良残疾军人串通，通过涂改、伪造医疗费收据等办法，连续十年骗取医药费，金额达到一百五十万。杨潇问我，这样的人是不是应该得到严惩？我说，这样的人肯定得判刑啊。杨潇说：'晓蕤你知道吗？这个案子最后的结果真是太让我对这个社会失望了。那个坏人通过疏通各种关系，竟然只得了判三缓三的刑罚，可是被这件事牵连的主管医政、财务的几个副院长、财务科长都因此被降职，罚款金额有的都达到了二十多万。我知道涉案金额超过三十万元的犯有渎职罪，这几个人也确实有监管疏漏的责任，院方也确实经过多方努力没有让他们失去工作，但我想不通的是：那个坏人，那个从本心上就犯罪的人，为什么没有被法律严惩呢？判三缓三，呵呵，竟然连监狱都不用进，这和纵容犯罪有什么区别？还有，到底是什么原因造成的这种后果？就只是管理的疏漏吗？那些和坏人串通的人又该负什么责任？难道法律不该去追究？有时我想，那些对身边人从不设防的人，那些像我这样不喜欢被世事纠缠的人，说不准哪天也会遭遇这样的事情，我们一样会因为别人的错误，来承担自身无法承受的痛苦。人活着，真是太累了。晓蕤，你是写小说的，你要把这些写进去，希望能唤醒那些贪婪的人的良知，希望能促进法制健全。'那天的杨潇是我们在一起的时候，话说得最多的一次，我还跟她说：'杨潇你呀，就是太理想主义，这社会比这肮脏的事情多了去了，要是都像你这么想，没法继续生活了。'当时杨潇有些发愣，不知道是因为我说的她认为不对还是什么别的原因，我为了让她开心点，就转移话题，给她讲网上的段子。"

刘志刚关了录音笔，说道："黄晓蕤那天说的时候，我没觉得有什么。现在看来，或许杨潇因为那对老夫妻的事受了刺激，六院发生贪污腐败的事又让她加深了对社会的失望，再加上她本身就有抑郁症，所以自杀了？但这些都跟申明奇没一点关系啊！"他看看这个，又看看那个，见谁也没接他的话茬，便不吱声了。

欧阳喻晓对张天昊说："天昊，你说说去医大调查的情况。"

"今天我去医科大学调查取证时，询问了当年和申明奇在一起带硕士生的蔡明华教授，还有学院党委书记以及当年和杨潇同届的留校研究生。据他们回忆，当时杨潇业余时间除了去图书馆就是给高三的学生补习英语。他们反映说，杨潇从来不跟别人提及她的家庭情况，她的生活很简朴，学费、吃穿用度这些应该都是她做家教赚的。更有意思的是，他们都不知道申明奇和杨潇曾发生过那种事。申明奇在学院的口碑相当好，都说他学识渊博、敬业，对学生也负责，他可是医学院最受学生爱戴的博士生导师，学生们都以师从申教授为荣。"张天昊介绍道。

"看来杨潇对申明奇是有爱慕之情的，只不过她知道不该对申明奇产生这种感情，一直压抑着。所以她跟申明奇说，当年是她的错，并且她真的认为是她的错，她不读博，不接受申明奇对她的帮助，也许是一种自我惩罚。"肖然分析道。

"肖然分析的只是表面，杨潇对申明奇的感情应该是非常复杂的。她说是她的错，我想不仅仅是她不该对申明奇产生感情，更不该和他发生超越师生关系之外的性行为。更有可能的是，和申明奇发生关系是杨潇有意为之的。虽然她首先基于的是对申明奇的爱慕，但也有想得到申明奇在毕业的时候给她帮助的潜意识心理……"

肖然打断欧阳喻晓，声音带着明显的不满说："这不可能！队长，杨潇不可能那样想，要是杨潇真是有意的，是为了申明奇能在毕业的时候帮她，那她为什么没接受申明奇对她读博的推荐？"

"肖然，你先别急，听我把话说完。今天我又去了案发现场，在杨潇卧室的床箱里找到了一个带密码锁的长方形木箱，里面装着几份重要的文件。"欧阳喻晓将装在证物袋里的几份文件，递给他旁边的张天昊，张天昊看完又传给肖然。

"你们看她父母的死亡证明，时间显示是 2013 年 6 月 17 日。那时，正是杨潇毕业前夕。而她父母的车祸地点是从环山县开往云阳的 202 国道的盘山公路上，这意味着什么？"欧阳喻晓看了几人一眼。

"这是不是说明，她的父母是在来省城看她的路上出事的？这几年她肯定心里特难过，怪不得一看到那对老夫妻的残骸会受到那么大的刺激。"张天昊说。

"不，不仅仅是这一点。你们再看看另外的文件。半年后，杨潇通过慈善会整整捐出了四十万元人民币。这是为什么？她那时刚刚工作，还没结婚，她不需要钱？我带着这些疑问，通过环山县公安局的同学查了下她父母的情况。她的父母在农村有地，农闲时还能打点零工，生活是不成问题的，可是就在车祸前不久，她的父母将房产在银行做了抵押。为什么突然把县城的房子做抵押？今天申明奇说的一个细节让我想到了房产抵押的用途。申明奇说，他曾提出要帮杨潇留在医大工作。杨潇的父母要拿抵押房产的钱给杨潇铺路，好让她留在医大。可怜天下父母心啊！你们想想，当父母拿出所有身家要为她的工作铺路，可就在来看她的路上，却遭遇了车祸双双身亡，这对于一个内心崇尚完美的小姑娘来说，是多么沉痛的打击。她非常自责，自责她为了自己的前途向父母提出要钱；自责她因为产生希望得到教授照顾的想法，而违背了她自己做人的原则。她刻骨铭心的痛苦应该来源于这儿，这才是她一直恨自己，无法原谅自己的原因！所以，她将那笔钱捐了出去，以完成她内心的自我救赎。6月17日这个时间，你们熟悉吧？父母身亡六年后的同一天，她也死了。"

欧阳喻晓说到这儿，站起身走到窗前，声音低沉地说道："你们再看看那份遗产公证，时间是5月18日的，也就是上个月，杨潇已经通过公证部门，完成了她死后的遗产捐赠。"

"这么看来，可以确定杨潇是自杀的了。那那份便笺是怎么回事？到底是谁写的？"刘志刚问道。

"这个等明天笔迹专家的鉴定结果出来就知道了，我猜测是杨潇模仿的，这符合她对申明奇的复杂心理。刚才我们说了，让她父母抵押房产的根由是申明奇要帮她留在医大工作，虽然杨潇知道申明奇是为她好，他没有错，但如果他不提出来帮她，她也不会跟父母提出要钱，那么父母也不会因此事而遭遇车祸。这种微妙的心理，杨潇是说不出口的。基于此，她临死之前约见申明奇，还有那张便笺也就可以解释了。随着年龄的增长，随着她看到的社会黑暗面越来越多，以她的智商和思想，她会咀嚼这件事，探寻这件事的根由到底在哪儿，然后被无法改变社会痼疾的无力感拉进深渊！"欧阳喻晓走回环形桌前，将一个日记本推到肖然的面前，"肖然，你给他们念念，杨潇日记里写的都是什么。"

肖然打开日记本，浏览式地翻了几页后停下来，念道："我有一个问题，是这样的：什么是知识分子最害怕的事？而且我也有了答案，自以为经得起全球知识分子的质疑，那就是：知识分子最怕活在不理智的年代。所谓不理智的年代，就是伽利略低头认罪，承认地球不转的年代，也是拉瓦锡上断头台的年代；是茨威格服毒自杀的年代，也是老舍跳进太平湖的年代。——王小波。"

她抬头看了看几个人，又开始继续往下翻：

被成长掠走了

曾经梦想的翅膀

被时间带来的情谊

掠走了思考

曾经努力验证的分子式

不能解释孤独

刻骨的爱情

都不过是

自我幻想

肖然读到这儿，不禁问了句："咦，这是她写的还是抄录的？"

"应该是她自己写的，你没看刚才你念的那段，后面有出处吗？像她这种学者，如果是抄录的一定会注明出处的。"张天昊说。

"嗯嗯，天昊说得对，"肖然继续翻日记本，"当你无论怎么努力，都不能将善良进行到底的时候，你不断反思、不断反思，终会发现，你竟然被困在牢笼里，连蚂蚁的自由都找不到。人群是罪恶的，可是你偏偏又不得不承认人群是高级的。你无数次地被矛盾的两端撕扯，最终还是败下阵来。无论是面朝大海春暖花开，还是在上下求索中找不到方向，你所能选择的最佳道路，还是离开。"

肖然的声音越来越低，她把日记本推到张天昊面前："不行，不能再念下去了，我感觉透不过气，杨潇生前一定是非常痛苦的。"

张天昊接过日记，继续往下翻："这杨潇当医生可惜了，简直就是哲学家。你看她写的：'这世界早就没有明亮的天空了，除非你已经瞎了眼。'"

"行了，别念了。"欧阳喻晓摆了摆手，"从杨潇家里的文件和这些日记中可以看出，杨潇早就有自杀的倾向。所以，基本可以断定杨潇是自杀的。但目前还有一个嫌疑人，我们需要调查一下。"

"还有一个嫌疑人，谁啊？"肖然问。

"刘晓临。虽然说他作案的可能性非常小，但我们也不能放过任何疑点。我已经让天昊查出刘晓临目前的情况了。"欧阳喻晓道。

"刘晓临，今年三十五岁，曾是杨潇在环山县高中就读时的学长。但他复读了一年，与杨潇一同考进了医学院。大三那年，因在宿舍里吸烟引起火灾，被学院开除。后来他回到家乡，现在在环山县的古台镇政府工作。"张天昊介绍道。

"志刚，明天你辛苦下，跑趟环山县，正面接触下这个刘晓临。看看他有没有作案时间，再问问当年他和杨潇是因为什么分手的。等你调查回来，省里的笔迹专家鉴定结果也出来了。不出意外的话，这个案子就能结案了。"

五

6 月 21 日，下午 4 点，刑警一队会议室。

刘志刚风风火火地进了会议室，抢了张天昊面前已经喝过的脉动紧喝了两口，说道："我今天见到了刘晓临，他长得可真够帅的，身材竟然比我还要棒。"

"志刚哥，你看那儿。"张天昊指了指桌子上没开封的脉动，"你非得抢我的口水喝吗？"

"挑重点说，你管人家帅不帅。"欧阳喻晓说道。

"队长，这就是你的不对了。这刘晓临长得帅不帅挺重要的。别看刘晓临身份证上的照片跟土匪似的，但他一定长得帅，这符合杨潇的性格。我还真猜对了。"肖然有点自得地说。

刘志刚开心地和肖然击了一下掌，继续说道："刘晓临没有作案时间，事发当天他和副镇长去王家子村检查扶贫工作的落实情况，第二天才返回镇里。他的嫌疑完全可以排除。"

"他当年因为什么和杨潇分手的？"

"我询问他时，能看出来刘晓临对杨潇的感情很深。当我跟他说，杨潇已经死了的时候，感觉当时的他就像天塌了一样，蹲在地上痛哭，好半天才缓过来。他跟我说，别看他俩分手了，但在他心里，杨潇永远都是他的爱人。他说，当年和杨潇分手是他的错。大二那年确定恋爱关系后，刘晓临提出在校外租个单元房，杨潇不干，原因不是不想和他在一起，而是觉得租房子浪费钱。那时学校管理也很严格，再加上她还做家教，两个人能在出租屋待的时间并不多。刘晓临因此觉得杨潇并不爱他。一天放学后，他约杨潇出去吃饭，杨潇说要去图书馆查资料，拒绝了他的提议。他很不高兴，就跟几个同学一起去吃，回来时，有个一直追他的女生借机跟他表白，本来他对她毫无意思，但他因为跟杨潇生气，就把她带到图书馆，为了让杨潇看到，还故意搂着她一起进去。他没想到平时温文尔雅的杨潇反应那么强烈，还没等他继续表演下去，杨潇就哭着跑了。之后无论他怎么解释，杨潇都不理他。那时他非常后悔，以至于一天喝多了酒，在寝室吸烟引起火灾，被学校开除了。杨潇知道他出事后，主动来找他，安慰他，还说要恢复恋爱关系。可是他知道自己没前途了，不想连累杨潇，就跟她说，他根本就没爱过她，还说喜欢他的女生太多了，好看的、有钱的、温柔的，哪个都比杨潇强。那时候确实有很多女生追他，估计杨潇是相信他说的话了。就这样，他让杨潇彻底伤了心。哦，对了，他还告诉我说，杨潇的父母不是她的亲生父母。虽然她的养父母对她很好，跟亲生的没什么两样，但她总是有心理阴影，半夜经常因噩梦而哭醒。她还跟刘晓临说过好多次，觉得自己就不该来到这个世界，她觉得自己是一个多余的人。"

"今天省笔迹专家的鉴定结果也出来了，确定是杨潇模仿申明奇的笔迹。现在这个案子可以结案了，所有证据显示，杨潇确实是自杀的。"欧阳喻晓说完，几个人都没站起来，脸上没有一点高兴的神色。

刘志刚嘟囔了句："好人还真是不长命。"

张天昊说："我要是她，我就带着几个坏人一起死。"

肖然站起来，走过去拍了拍张天昊："小屁孩，你不是她，她都能自杀了，还有什么是她放不下的？唉，也许这都是命吧。"

欧阳喻晓拿起笔记本，说道："其实杨潇完全有另一条路可以走的，毕竟太阳每天都会升起……"